Es geschah im Wandsbeker Gehölz

Ein Marienthal-Krimi

Hans Garbaden

Es geschah im Wandsbeker Gehölz

Ein Marienthal-Krimi

Titelfoto:: Hans Garbaden
Umschlaggestaltung:: Manfred Deul

Bibliografische Information der Deutschen Nationalbibliothek:
Die Deutsche Nationalbibliothek verzeichnet diese Publikation in der Deutschen Nationalbibliografie; detaillierte bibliografische Daten sind im Internet über http://dnb.dnb.de abrufbar.

© 2015 Hans Garbaden
Herstellung und Verlag: BoD – Books on Demand, Norderstedt
ISBN 978-3-7392-6203-1

Nach einer Episode als Schiffsjunge auf einem Stückgut-Frachter des Norddeutschen Lloyd machte Hans Garbaden eine Schrift-setzerlehre. Daneben nahm er Schauspielunterricht an der Nieder-deutschen Bühne in Bremen. Ein Fachstudium zum Werbekaufmann in Berlin schloss sich an. Nach 17 Jahren in der Marketingabteilung einer Bremer Brauerei und zehn Jahren Tätigkeiten in internationalen Werbeagenturen in Hamburg wechselte er als Darsteller vor die Kamera. Seit 1997 in über 700 Film- und Fernsehproduktionen war Hans Garbaden als Episoden- und Nebendarsteller im Einsatz. Seit 1998 hat er als freier Mitarbeiter beim NDR in über 350 Sendungen wie „Aufgepasst, Gefahr!", „Dennis & Jesko", „DAS!" und „Extra 3" als Darsteller mitgewirkt. Seit 2003 schreibt Hans Garbaden Kriminalromane, in die er auch seine Erlebnisse vom Set einfließen lässt. Bisher erschienen:

„**Wer erschießt Jürgen Prochnow**", Erlebnisse bei Dreharbeiten / „**Paulas Töchter**", Ein Worpswede-Krimi / „**Ein Mordsdreh am Jadebusen**" Krimi aus der Filmszenerie / „**Im Strom**", Ein Roman aus Hamburg-Wilhelmsburg / „**Hunde vor der Filmkamera**", Skurrile Erlebnisse mit seinen Hunden beim Dreh / „**Was geschah auf dem Priwall?**", Ein Politkrimi aus Travemünde / „**Mord & Totschlag**", Kurzkrimis vom Feinsten.

www.hansgarbaden.de

Hinter jedem großen Vermögen
steht ein großes Verbrechen.

Honoré de Balzac

PROLOG

Er schwamm um sein Leben. Die Wassertemperatur der Nordsee betrug 16 Grad Celsius. Aber ein an der Nordseeküste aufgewachsener, sportlicher und durchtrainierter Wassersportler wie er war an niedrige Temperaturen gewöhnt. Was ihm zu schaffen machte, waren der scharfe Wind und die hohen Wellen. Mit dem Orkan war ablandiger Wind aufgekommen, so dass ihm die schweren Brecher ins Gesicht schlugen. Er musste es schaffen, das Ufer am Hedwigenkoog zu erreichen, denn nicht nur sein Leben hing davon ab, sondern auch das der anderen Männer auf der Sandbank, die vom aufkommenden Sturm und dem auflaufenden Wasser überrascht worden waren.
Die Hoffnung, es bis ans rettende Ufer zu schaffen, ließ langsam nach. Er versuchte, gegen die bleierne Müdigkeit in seinem Körper anzukämpfen und mobilisierte noch einmal alle Kräfte.

EINS

Es war eine Villa in der Oktaviostraße, die den Zweiten Weltkrieg ohne Schäden überstanden hatte. Es war ein prachtvolles Anwesen aus der Gründerzeit, in das seine Besitzer im Laufe der Jahre viel investiert hatten, aber immer mit Geschmack und Augenmaß, so dass der historische Charakter gewahrt worden war und die Villa ihren alten Glanz bewahrt hatte. Wenn die herrschaftlichen Tore geöffnet waren, konnten Bewohner und Gäste mit dem Wagen auf der weißen Kiesauffahrt bis vor das Eingangsportal fahren.

So auch heute, am Sonntag, als ein Luxuswagen nach dem anderen vorfuhr. Im Eingangsbereich wurden die Gäste von dem Hausherrn Amandus Krebermeyer und seiner Gattin Josephine empfangen. Eine junge, attraktive Hostess bot mit einem Lächeln von einem Tablett eine Auswahl von Empfangsdrinks an.

Einige der Gäste wirkten durch die Pracht, die sich ihnen darbot, etwas eingeschüchtert. Die große Halle hatte einen Mosaikboden, die Wände waren mit Paneelen verkleidet. Eine imposante Marmortreppe führte zwischen zwei Marmorsäulen in den oberen Bereich des Hauses. Alles wurde überwölbt von Deckenfresken

Der 50jährige Amandus Krebermeyer war eine große, stattliche Erscheinung. Das volle, dunkle Haar trug er in Künstlermanier etwas länger und nach hinten gekämmt, so dass es ein Stück über den Kragen seines offen getragenen bordeauxfarbenen Hemdes fiel. Dazu trug er eine farblich passende Stoffhose und bordeauxrote Lederhalbschuhe. Es war ein extravagantes, aber durchaus geschmackvolles Outfit. Seine Ehefrau Josephine hatte da nicht soviel Geschick bewiesen: Zu bunt die Kleidung und zu knapp, zu viel Schminke im Gesicht, zu viel Schmuck an Hals, Armen und Händen, zuviel Farbe im Haar und Stielettos, die schon vom Hinsehen die eigenen Füße schmerzen ließen. Josephine Krebermeyer war deutlich jünger als ihr Mann.

Die von Amandus Krebermeyer zur Schau gestellte Attitüde hatte seinen Grund. Der Hausherr sammelte Kunst und war der Meinung, sich deshalb auch unkonventionell kleiden zu müssen Seine umfangreiche Sammlung stellte er heute erstmalig einem ausgewähltem Kreis seiner Freunde, Geschäftspartner sowie einigen Lokalpolitikern vor. Ein Securitymitarbeiter ließ sich vor dem Portal die Einladungskarten der eintreffenden Gäste zeigen, während ein weiterer Mitarbeiter die Fahrzeuge der eingetroffenen Gäste auf eine Brachfläche des Nebengrundstücks fuhr.

Nach der kurzen Begrüßung durch Amandus und Josephine Krebermeyer verteilten sich die Gäste, mit den Begrüßungsdrinks in den Händen, auf die verschiedenen Räume des weitläufigen Gebäudes, um das zu tun, was der Hausherr von ihnen erwartete: Sie bewunderten die in drei Generationen seiner Familie zusammen getragenen Kunstgegenstände.

Beherrscht wurde die große Eingangshalle von einer über zwei Meter hohen Skulptur von Arno Breker, die einen germanischen Jüngling zeigte und einer Arbeit von Jeff Koons in Form eines riesigen Staubsaugers. Im eleganten Salon des Hauses hing eine Sammlung Alter Meister, zum Beispiel ein Jan Vermeer, zwei El Grecos und Bilder anderer Künstler des 17. und 18. Jahrhunderts; Werke, die der Großvater von Amandus Krebermeyer erworben hatte. Der Hausherr selbst interessierte sich mehr für Konzeptkünstler und Maler der zeitgenössischen Kunst. So waren Arbeiten von Andy Warhol, Gerhard Richter , Sigmar Polke und Neo Rauch in anderen Räumen zu bewundern.

Der Hausherr erklärte gerade einem seiner Gäste, dass sein Gebäude mit einer mehrfach gesicherten Alarmanlage ausgestattet sei und außerdem eine direkte Verbindung zum zuständigen Polizeirevier bestünde, als er von einem lauten Wortwechsel vor dem Eingang unterbrochen wurde. Er entschuldigte sich bei seinem Gesprächspartner und eilte nach draußen. Ein Ehepaar hatte die Einladung nicht dabei und der Securitymitarbeiter verweigerte dem Paar den Zutritt.

Krebermeyer umarmte die Neuankömmlinge kurz. „Meinhard und Sabine, schön, dass ihr gekommen seid". Dem Securitymann bedeutete er, dass alles in Ordnung sei.

Einer der zuletzt eingetroffenen Gäste hob sich äußerlich von den anderen Besuchern total ab: Ein etwas ungepflegt wirkender junger Mann in speckiger Lederjacke, ausgebeulten Jeans und löchrigen Turnschuhen. Sein Gesicht zierte ein zauseliger Vollbart und seine Schiebermütze behielt er auch bei seinem Gang durch die verschiedenen Räumlichkeiten auf seinem Kopf.

Amandus Krebermeyer stellte ihn den gerade in der Nähe stehenden Gästen vor: „Das ist der Kunstmaler Bodo Prahl. Im Wintergarten hängen zwei Bilder von ihm."

Nachdem Bodo Prahl davon geschlendert war, erläuterte der Hausherr weiter: „Ein junger Maler, der seinen Weg machen wird. Die Investition mit jetzt noch kleinem Geld ist gut angelegt. Ich habe ihn in meinem Golfclub kennen gelernt, als er dort Golfbälle verkaufte. Weil er von dem Verkauf seiner Bilder noch nicht leben kann, arbeitet er als Golfballtaucher. In den Teichen der Plätze in der Region werden in der Saison soviel Bälle versenkt, dass er durch den Verkauf der ertauchten Bälle gut über die Runden kommt."

Unter den Besuchern der Vernissage befanden sich auch Tobias und Nadine Ohlenbarge. Das Ehepaar mittleren Alters war eingeladen worden, weil die Firma Ohlenbarge-Catering für die Festlichkeiten im Hause Krebermeyer nicht nur heute, sondern schon häufig ein ausgezeichnetes Buffet, erlesene Weine und andere Gaumenfreuden mit der dazu passenden Dekoration geliefert hatte. Die Hostessen, die mit ihren vollen Tabletts für Getränke-Nachschub in den Ausstellungsräumen sorgten, waren Mitarbeiterinnen der Catering-Firma. Für Tobias Ohlenbarge war Nadine die zweite Ehefrau. Sie hatten erst vor kurzem -- nach einer Schamfrist wegen der Scheidung – geheiratet, und es war ihnen anzusehen, dass sie sehr verliebt waren. Hand in Hand schlenderten sie durch die Räume. Vor einigen Bildern verweilten sie kurz. Wenn Nadine Ohlenbarge sich länger für ein Bild interessierte, lösten sie ihre Hände und Tobias Ohlenbarge ging in den nächsten Raum. Seine Frau schloss aber bald wieder zu ihm auf. In einem kleinen Raum, der vielleicht einmal die Stube eines Dienstmädchens gewesen war, hingen einige Bilder der Alten Worpsweder, für die der Vater von Amandus Krebermeyer ein Faible gehabt hatte. Neben einem Portrait von Fritz Mackensen und einer Frühlingslandschaft von Heinrich Vogeler weckte besonders ein Kinderbild von Paula Modersohn-Becker das besondere Interesse von Nadine Ohlenbarge. Sie trat näher an das Bild heran, während ihr Mann weiterging. Die Worpsweder interessierten ihn offensichtlich nicht so sehr. Auch vor einem Bild von Fritz Overbeck verweilte sie länger. Als sie in den nächsten Raum wechselte, musste sie feststellen, dass ihr Mann dort nicht mehr war. Die Videoinstallation in diesem Raum hatte ihm vermutlich auch nichts geben können.

„Er wird nicht im Uhrzeigersinn weitergegangen sein", dachte sie und drängte sich an anderen Bilderbetrachtern vorbei in weitere Räume. Auch dort fand sie ihren Mann nicht, aber ihr kam die Erkenntnis: Natürlich, er wird auf eine Zigarettenlänge vor die Tür gegangen sein.

Das Rauchen tolerierte sie als Nichtraucherin, weil ihr Mann für sein kleines Laster im eigenen Haus auch immer vor die Tür ging.

Beruhigt sah sie sich weitere Bilder an. Nachdem sie mit einigen anderen Besuchern einen kurzen Gedankenaustausch vor einem Feininger geführt hatte und ihr Mann immer noch nicht aufgetaucht war, ging sie leicht beunruhigt zum Eingangsportal. Davor standen – wie sie es von Büros und Gastronomiebetrieben kannte – mehrere rauchende Leute. Ihr Mann war nicht dabei.

Der Wachmann bemerkte ihren suchenden Blick. „Ja, wegen der sehr sensiblen Rauchmelder im Haus müssen die Gäste vor die Tür gehen. Einige überqueren auch die Straße, um am Rand des Gehölzes eine Zigarette zu schmauchen:"

„Dankeschön", sagte Nadine Ohlenbarge und lief über die in dieser Abendstunde kaum befahrene

Oktaviostraße zum Rand des Wandsbeker Gehölzes hinüber.

In der einbrechenden Dunkelheit erkannte sie ein älteres rauchendes Paar, mit dem sie schon vor einem Bild kurz gesprochen hatte. Einen einzelnen Mann mit einer Zigarette hatten sie aber nicht gesehen. Sie waren allerdings auch gerade erst vom Haus herüber gekommen.

Jetzt wurde Nadine Ohlenbarge doch unruhig. Sie ging zurück, nickte dem Wachmann zu und suchte, sich durch die inzwischen in Gruppen stehenden Gäste drängend, die verschiedenen Räume nach ihrem Mann ab. Er war nirgendwo zu finden. Leichte Panik machte sich in ihr breit. Sie sah sich nach dem Gastgeber um. Sie bemerkte, wie Amandus Krebermeyer aus einem der Nebenräume die Eingangshalle betrat und dort von seiner Frau in ein Gespräch verwickelt wurde. Beim näher Herangehen an das Paar bekam Nadine Ohlenbarge noch mit, dass Josephine Krebermeyer ihrem Ehemann heftige Vorhaltungen machte.

„Wo warst du denn so lange? Die Gäste warten schon auf die Freigabe des Kalten Büfetts. Und warum hast du ein anderes Hemd angezogen?"

Amandus Krebermeyer tat die in einem äußerst vorwurfsvollen Ton gestellten Fragen mit einer wegwerfenden Handbewegung ab: „Ich muss das Büfett jetzt freigeben. Das Hemd musste ich wechseln, weil mich irgend so ein Trottel angestoßen hat und mir dabei der Inhalt meines Rotweinglases über das Hemd lief."

Nadine Ohlenbarge musste die kurze Ansprache des Gastgebers Krebermeyer abwarten, mit der – wie er es launig ausdrückte – der Sturm auf das Kalte Buffet vor der Breker-Skulptur eröffnet wurde..

Anschließend konnte sie den Gastgeber über das rätselhafte Verschwinden ihres Mannes informieren.

„Keine Panik, wir werden ihn schon finden. Mein Haus ist zwar keine kleine Hütte, aber doch nicht un-überschaubar", beruhigte er Nadine.

„Rufen Sie ihn doch auf dem Handy an", empfahl er ihr.

„Das habe ich nicht mit. Meine kleine Handtasche ist nicht geräumig genug. Wir waren der Meinung, dass es reicht, wenn er sein Handy dabei hat. Wir hatten ja nicht vor, uns heute noch zu trennen".

„Kein Problem", meinte Krebermeyer, zog sein Smartphon aus der Hosentasche und fragte nach der Nummer.

Er bekam keinen Anschluss. „Vielleicht ist er auf einer der Toiletten. Kommen Sie!"

Nachdem er die beiden im Erdgeschoß liegenden Sanitärbereiche kontrolliert hatte, gingen sie ins Souterrain, wo für den Gärtner, der zweimal in der Woche den weitläufigen Garten hinter dem Haus in Ordnung hielt, eine Toilette mit Waschgelegenheit eingerichtet war. Auch hier: Nichts!

„Bleibt noch das Obergeschoß mit Schlafzimmern und zwei Bädern", sagte Krebermeyer, während er zwei Stufen auf einmal nehmend die Treppe hoch stürmte und Nadine Ohlenbarge mit rotem Kopf hinter ihm her stolperte.

Oben angekommen ging Amandus Krebermeyer an einer Tür vorbei, ohne sie zu öffnen. Als Nadine Ohlenbarge den Türgriff betätigte, musste sie feststellen, dass die Tür verschlossen war.

Krebermeyer winkte ab: „Das Zimmer können wir uns schenken. Ein besonders gesicherter Raum mit Kunstgegenständen und anderen Exponaten meines verstorbenen Großvaters. Da kommt niemand rein."

Die Suche in den anderen Räumen und den Badezimmern verlief ergebnislos. „Bleibt nur noch der Garten mit dem Pavillon", meinte der Hausherr, der jetzt auch leicht beunruhigt wirkte.

Sie durchschritten den Garten und kamen an einem Hundezwinger vorbei, in dem zwei riesige Dobermann-Rüden lagen und die Vorbeigehenden aufmerksam im Auge behielten.

Krebermeyer erläuterte: „Normalerweise laufen sie auf dem gut eingezäunten Grundstück frei herum. Ich möchte den sehen, der es wagt, das Gelände ohne meine Einwilligung zu betreten. Sie würden Hackfleisch aus ihm machen."

Während sie nach der ergebnislosen Suche in dem durch Bodenlampen erleuchteten Garten und im Pavillon ins Haus zurückkehrten, hatte sich die leichte Panik von Nadine Ohlenbarge in ein starkes Unwohlsein verwandelt. Sie sah sich nach einer Sitzgelegenheit um. Für einen Moment musste sie sich auf einen an der Wand stehenden Stuhl setzen.

Die anderen Gäste hatten die Suchaktion nicht registriert, weil sie inzwischen alle über das Kalte Buffet hergefallen waren. Nur Josephine Krebermeyer fragte ihren Mann, als sie ihn mit der attraktiven Nadine Ohlenbarge aus der zum Garten führenden Tür hereinkommen sah, mit leicht pikiertem Ton: „Wo bleibst du denn die ganze Zeit. Unsere Gäste vermissen dich schon!"

* * *

Tobias Ohlenbarge blieb verschwunden. Auf dem zuständigen Polizeirevier wurde seiner Frau gesagt, dass eine Suchaktion erst nach 24 Stunden eingeleitet würde. „Aber bis dahin ist Ihr Mann sicher wieder aufgetaucht", meinte der Beamte. „So etwas kommt öfter vor."

Nadine Ohlenbarge machte sich trotz der späten Stunde auf eigene Faust auf die Suche nach ihrem Mann. Sie kontrollierte in der Oktaviostraße den seit einiger Zeit zum Brachgelände gewordenen ehemaligen Fußballplatz, auf dem jetzt die Container für Flüchtlinge aufgestellt waren. Sie kontrollierte auch die verlassenen Tennisplätze, auf denen nur noch Unkraut wucherte, und umrundete die idyllisch gelegenen flachen Teiche im Gehölz. Wegen der Dunkelheit brach sie die Suche aber ab.

Zuletzt betrat sie die am Osterkamp gelegene Vereinsgaststätte des Sport-Clubs Concordia. Ein paar Gäste saßen noch an der Theke. Auf Fragen nach ihrem Mann erntete sie nur Kopfschütteln. Niemand hatte Tobias Ohlenbarge – der in Wandsbeker Sportlerkreisen gut bekannt war – an diesem Tag gesehen.

* * *

Am Montagmorgen herrschte leichter Nieselregen. Auf der Baustelle Osterkamp wurde der Arbeitsbeginn eingeläutet. Einer der Bauarbeiter, ein kräftiger junger Mann, lief auf die an der Straße stehende Mobiltoilette zu.

Ein Kollege rief ihm in der robusten Art der Bauarbeiter zu: „Na Olli, hast du deinen Morgenschiss nicht mehr zu Hause geschafft?"

Olli antwortete nicht, öffnete die unverschlossene Tür des Klos und prallte entsetzt zurück.

„Da sitzt einer drauf", rief er zu seinem Kollegen hinüber.

„Na und?", fragte der.

„Der Mann scheint tot zu sein!"

Kriminalhauptkommissar Hannes Wegner war schnell vor Ort. Der schwergewichtige Beamte wollte gerade seine Souterrainwohnung in der Behrensstraße verlassen, als ihn ein Anruf seiner jungen Kollegin Andrea Liersen erreichte. Ohne den Umweg ins

21

Kommissariat fuhr er direkt zur Baustelle Osterkamp. Im stärker gewordenen Regen standen dort im aufgeweichten Baustellenuntergrund zwei Polizisten in Uniform und ein Mann im Blaumann mit einem Schutzhelm auf dem Kopf. Es war der Polier, der die Polizei benachrichtigt hatte. Während Wegner mit dem Polier sprach, drängten die beiden Uniformierten die neugierig gaffenden Passanten zurück. Zeitgleich trafen die Kriminalkommissarin Andrea Liersen, der Gerichtsmediziner Gerd Rascher und der Spurensicherer Dieter Gerting ein.

Der Polier öffnete die von ihm mit einem Vorhängeschloss zugesperrte Tür der Mobiltoilette, trat zurück und sagte: „Wir haben nichts angefasst."

Kriminalkommissar Hannes Wegner, Kriminalkommissarin Liersen, Gerichtsmediziner Rascher und Spurensicherer Gerting erblickten einen offensichtlich toten Mann, der mit herunter gelassener Hose auf der Toilette saß. Bei näherem Hinsehen erkannten sie es: Der Mann hatte keinen Penis mehr!

Der Gerichtsmediziner zog seine Gummihandschuhe über. „Die Leiche muss gleich in die Gerichtsmedizin. Hier in der Enge des Klos kann ich nicht arbeiten.

Er ging etwas näher und hob das Hemd des Toten an. „Soviel kann ich schon mal sagen: Sein bestes Stück muss ein Mediziner oder vielleicht auch jemand mit medizinischen Fachkenntnissen abgetrennt haben. So eine saubere Amputation schafft kein Laie. Und noch etwas steht schon mal fest: Seht euch mal die

Einschusswunde und die Schmauchspuren an. Der Schuss muss aus nächster Nähe abgegeben worden sein."

Es wurde schnell klar, dass es sich bei dem Toten um Tobias Ohlenbarge handelte. Ausweispapiere und Geldbörse trug er noch bei sich.

* * *

Die Firma Party-Service Ohlenbarge befand sich in der Wandsbeker Marktstraße. Als Andrea Liersen und Hannes Wegner dort eintrafen, wurden auf dem Hof gerade zwei Fahrzeuge der Firma mit Kalten Platten, die mit Cellophanpapier abgedeckt waren, beladen. Die Chefin sei vorn im Büro wurde ihnen gesagt.

Nadine Ohlenbarge trug die Nachricht vom Tod ihres Mannes mit erstaunlicher Fassung und war in der Lage, die Fragen der beiden Kripobeamten zu beantworten.

„Ja, wir waren gleichberechtigte Partner. In der Ehe und auch in der Firma. Feinde? Nein, mir sind keine bekannt."

Sie berichtete von dem Besuch der Vernissage bei dem Geschäftspartner und der Suche nach ihrem Mann. Nein, er habe keinen Streit mit ihr oder einem der anderen Gäste gehabt.

Kriminalhauptkommissar Wegner bedankte sich. „Und wenn Sie sich morgen in der Lage fühlen, müssten Sie in die Pathologie kommen, um Ihren Mann zu identifizieren..

Nadine Ohlenbarge brach jetzt doch in Tränen aus. „Wie soll es jetzt mit unserem Geschäft weitergehen. Allein schaffe ich das nicht."

Wegner legte seine Karte auf den Schreibtisch. „Wenn Ihnen noch etwas einfällt, mag es noch so unbedeutend erscheinen, rufen Sie mich bitte an."

Die Frau tupfte sich mit einer Papierserviette mit dem aufgedruckten Emblem ihrer Firma die Tränen ab. „Unbedeutend? Ja, vielleicht. Bei der Suche nach meinem Mann im Haus unseres Gastgebers war ein Raum verschlossen. Wir konnten nicht hinein gehen."

„Danke. Wir werden dort sowieso einen Besuch machen."

* * *

Die Villa der Familie Krebermeyer zeigte sich im Sonnenlicht in voller Pracht. Die Kiesauffahrt glänzte und knirschte beim Bremsvorgang vor dem Portal unter den Rädern. Das Kläffen der beiden Hunde wurde von dem Hausherrn mit einem kurzen Befehl unterbunden. Amandus und Josephine Krebermeyer baten die beiden Kriminalbeamten in den Salon. Von dem Tod ihres Gastes hatten sie schon gehört. Hier in Marienthal spräche sich so etwas schnell herum. Ihre Zugehfrau hatte beim Einkauf davon gehört und es ihnen berichtet.

„Wir brauchen eine Liste Ihrer Gäste", sagte Hannes Wegner.

Josephine Krebermeyer stand auf. „Kein Problem, ich drucke sie Ihnen aus." Sie stöckelte in einen der Nebenräume.

Kommissarin Andrea Liersen fragte sehr direkt: „Herr Krebermeyer, was ist in dem verschlossenen Zimmer im Obergeschoss Ihres Hauses?"

Krebermeyer wand sich in seinem Ledersessel. „Ja, ich weiß nicht . . ."

Hannes Wegner unterbrach ihn: „Wir haben keinen Durchsuchungsbeschluss, können ihn aber beschaffen. Um den Dienstweg abzukürzen, wären wir Ihnen sehr verbunden, wenn Sie uns einen Blick hinein werfen ließen."

Bei Krebermeyer zeigten sich Schweißtropfen auf der Stirn und er stand auf. „Ich hole den Schlüssel."

Es waren Bilder in dem Zimmer. Keine moderne Kunst. Alte Meister und eine Menge Exponate, die nach afrikanischer Volkskunst aussahen.

„Warum präsentieren Sie die Werke nicht auch?", fragte die junge Kommissarin.

„Ich weiß nicht", druckste Krebermeyer. „Es sind alles Ankäufe meines Urgroßvaters und meines Groß-vaters. Sie sind beide verstorben. Ich muss noch Expertisen erstellen lassen."

Andrea Liersen bemerkte, dass Amandus Kreber-meyer zusehends nervöser wurde und fragte wieder sehr direkt: „Sind Bilder aus jüdischem Besitz dabei, die Ihr Großvater während der Nazizeit erworben hat?"

Krebermeyer musste nicht lange nachdenken. „Natürlich hat mein Großvater auch während der Nazizeit Bilder gekauft. Aber von Gemälden aus ehemals jüdischem Besitz ist mir nichts bekannt."

Jetzt schaltete sich Hannes Wegner ein: „Herr Krebermeyer, wir sind nicht hier, um aufzuklären, ob unter Ihren Bildern Werke sind, die Ihr Großvater aus – sagen wir mal -- Übernahmen oder nicht ganz sauberen Ankäufen erworben hat. Wir sind hier, um einen Mord aufzuklären. Für Ihre Bilder werden sich die Kollegen vom Dezernat Raubkunst interessieren. Wir möchten nur erfahren, ob Tobias Ohlenbarge auf Ihrer Vernissage Kontakt über das übliche Maß hinaus mit Jemandem hatte, oder ob Sie einen Ihrer Gäste benennen können, der Streit mit Tobias Ohlenbarge hatte."

Während Krebermeyer über eine Formulierung seiner Antwort nachdachte, schob Hannes Wegner noch eine Frage hinterher: „Und wie war Ihr Verhältnis zu Tobias Ohlenbarge?"

Amandus Krebermeyer strich sich mit beiden Händen die Haare zurück. „Nun machen Sie mal halblang, Herr Kommissar. Ich hatte ein – wie Sie es sagen – Verhältnis mit ihm, das rein geschäftlicher Natur war. Ich war der Kunde und er der Lieferant: Ohlenbarge-Catering. Er lieferte Speis und Trank und das immer in ausgezeichneter Qualität und auch mit hervorragendem Service. Außerdem können meine

Gäste bezeugen, dass ich ein bombensicheres Alibi habe. Ich war als Nichtraucher immer in meinem Haus. Und was die anderen Gäste angeht, da hatte nach meiner Kenntnis keiner Streit mit Tobias Ohlenbarge. Nein, da gibt es noch etwas . . ."

Amandus Krebermeyer sprach nicht weiter und strich sich wieder nervös mit beiden Händen seine Haare zurück.

Die Kommissare bemerkten die stärker gewordene Nervosität des Mannes.

Hannes Wagner hakte nach: „Herr Krebermeyer, raus mit der Sprache. Sie haben uns noch nicht alles gesagt. Was ist los?"

Krebermeyer, dessen Hemd jetzt große Schweißplacken hatte, wand sich in seinem Stuhl, neigte seinen Oberkörper näher an die Kommissare heran und flüsterte mehr als dass er sprach: „Ich werde erpresst!"

„Weswegen und von wem werden Sie erpresst?", fragte Andrea Liersen.

Amandus Krebermeyer sprach jetzt lauter: „Wegen des Besitzes von Bildern, die als Raubkunst gelten. Es sind bisher nur zwei anonyme Schreiben eingegangen. Forderungen sind noch nicht gestellt. Sie sollen aber folgen."

Wegner nickte: „Wir sind vom Morddezernat. Wir müssen die zuständigen Kollegen informieren. Die werden Sie besuchen und das weitere Vorgehen mit Ihnen besprechen. Wenn es einen Zusammenhang mit dem Mordfall gibt, werden wir zusammenarbeiten."

Josephine Krebermeyer hatte inzwischen die aus-gedruckte Gästeliste vor dem Kommissar auf den Tisch gelegt. Wegner nahm sie hoch. „Wir bedanken uns für Ihre Ausführungen."

Als Andrea Liersen den Wagen startete, blickte Hannes Wegner sie von der Seite an. „Ich habe so ein Bauchgefühl, dass hinter dem Krebermeyer mehr steckt als der Besitz von Raubkunst!"

„Bauchgefühl? Was ist das denn", fragte die junge Kommissarin. „War das bei deiner Ausbildung zum Kommissar ein Thema?"

„Nein, natürlich nicht. Aber meine Erfahrung sagt mir, dass da noch mehr sein muss."

Andrea Liersen sagte nichts mehr und gab Gas.

* * *

Kriminalhauptkommissar Hannes Wegner saß schon an seinem Schreibtisch und verzehrte ein Käsebrot. Obwohl er in seiner Wohnung vor Arbeitsbeginn schon ein üppiges Frühstück zu sich genommen hatte, aß er mit gutem Appetit. Er ließ sich die Scheiben des Vollkornbrots mindestens in einer Stärke von zehn Millimeter schneiden. Zwei davon – dick mit Käse oder Wurst belegt -- halfen ihm über den Vormittag bis zum Mittagessen, das er gern mit einem süßen Dessert abschloss. Es war ihm anzusehen, dass er ein guter Esser war. Mit seinen 55 Jahren und einer Größe von 179 Zentimetern wog er um die 86 Kilo. Sport zu treiben hatte er aufgegeben. Die gute Verpflegung an

Bord war auch ein Grund, dass er ein Faible für Kreuzfahrten entwickelt hatte. Dass er jedes Mal mit weiteren drei Kilo Mehrgewicht von Bord ging, störte ihn nicht. Trotz seines Übergewichts war er ein guter Tänzer. Da es auf Kreuzfahrtschiffen allein reisende Damen in der Überzahl gab, musste er sich als Single keinen Zwang antun. Bei der Eroberung von Frauenherzen hatte er an Bord leichtes Spiel.

Mit einem „guten Appetit, Herr Kollege", betrat die Kriminalkommissarin Andrea Liersen das Büro. Die attraktive 26jährige war schlank, ohne dünn zu wirken. Ihr langes, dunkles Haar, oft hochgesteckt, und mandelförmige Augen gaben ihr ein leicht exotisches Aussehen. Bei einer Körpergröße von 169 Zentimetern wirkte sie immer noch zierlich. Das täuschte darüber hinweg, dass sie, wenn es darauf ankam, knallhart sein konnte. Andrea Liersen war eine Viel- und Allesleserin. In Arbeitspausen hatte sie immer irgendeinen Lesestoff dabei. Andere Hobbys schien sie nicht zu haben. Hannes Wegner war deshalb der Meinung, dass seine junge Kollegin etwas introvertiert sei. Oder es lag daran, dass sie sich offenbar mit dem Buddhismus beschäftigte. Es war an einem Tag kurz vor Dienstschluss, als er eine Fliege, die sich auf seinem Schreibtisch niedergelassen hatte, mit dem Schlag einer Hauspost-Mappe platt schlug.

Andrea Liersen hatte ihn in einem für sie ungewöhnlich harten Ton angefahren: „Lass das. Alle Tiere haben eine Berechtigung zu leben. Auch das Töten einer Fliege gibt ein schlechtes Karma."

Da er heute privat verabredet war, und deshalb pünktlich Feierabend machen wollte, hatte er das nicht weiter kommentiert. Er nahm sich aber vor, bei passender Gelegenheit darauf zurück zu kommen.

Nachdem Andrea Liersen sich am nächsten Tag an ihren Schreibtisch gegenüber dem von Hannes Wegner gesetzt hatte, schob der ihr die Berichte des Gerichtsmediziners Rascher und der Spurensicherung hinüber. Die Ausführungen von Gerd Rascher waren kurz. Es war ein Pistolenschuss genau ins Herz. Die Penisamputation erfolgte nach dem Tod des Mannes. Sonst gab es keine Verletzungen oder Auffälligkeiten.

Der Bericht des Spurensicherers Dieter Gerting war auch nicht ergiebiger: Unzählige, nicht zuzuordnende Fingerabdrücke an Tür und den Wänden der mobilen Toilette, aber am Opfer waren keine Spuren festzustellen, auch keine DNA. Schmauchspuren an der dicken Jacke des Toten deuteten darauf hin, dass der Schuss aus kürzester Entfernung abgegeben worden war.

„Es muss ein absoluter Profi gewesen sein. Keine Fingerabdrücke am Opfer, und auch sonst hat der Täter keine Spuren hinterlassen. Er muss Handschuhe benutzt haben. Der Schuss aus kürzester Entfernung bedeutet, dass der Tote seinen Mörder dicht an sich heran gelassen hat. Das lässt die Vermutung zu, dass Täter und Opfer sich kannten", stellte Hannes Wegner fest.

„Nicht viel", meinte Andrea Liersen. „Balzac hat gesagt, dass hinter jedem großen Vermögen ein großes Verbrechen steht. Ich habe gestern noch etwas gegoogelt und Interessantes herausgefunden. Die Familie Krebermeyer hat den Grundstein zu ihrem Vermögen schon im oder vor dem 18. Jahrhundert durch den Sklavenhandel gelegt. Die nachfolgenden Generationen verwalteten den Reichtum nicht nur, sondern vermehrten ihn und retteten ihn auch durch zwei Weltkriege und mehrere Wirtschaftskrisen. Es handelt sich dabei um Aktienbesitz, Ländereien in Nord- und Südamerika und auch sehr großen Immobilienbesitz im Inland. Die Familie betrieb den Sklavenhandel zwar nicht in dem großen Ausmaß wie die Wandsbeker Familie Schimmelmann, die dadurch zu unermesslichem Reichtum gelangte. Heinrich von Schimmelmann galt zu seiner Zeit als reichster Mann Europas. Ganz soweit hat die Familie Krebermeyer es nicht gebracht. Aber es reicht immer noch für ein auskömmliches Leben auf höchstem Niveau."

Die Kommissarin blickte auf die Papiere auf ihrem Schreibtisch.

„Kapitalismus baut sich auf Ungerechtigkeiten auf", meinte Hannes Wegner, und fuhr fort: „Aus der Vergangenheit mit Sklavenhandel stammen dann sicher die afrikanischen Volkskunstgegenstände in dem verschlossenen Raum im Obergeschoss der Villa. Bevor die Familie darben muss, kann sie ja einige der Bilder aus dem Raum verscherbeln."

Andrea Liersen schüttelte den Kopf. „Bei Raubkunst ist das schwierig."

Hannes Wegner, der einen großen Pott Kaffee vor sich hatte, nahm einen Schluck, räusperte sich und blickte seine Kollegin an. „Du hast die Wahl: In der Umgebung Klinken putzen oder mühselige Telefonate führen?"

„Okay, ich besuche die Bewohner der Häuser in der Nähe des Tatorts. Vielleicht hat jemand eine Beobachtung gemacht. Mindestens den Schuss muss doch jemand gehört haben, wenn er nicht von einer Waffe mit Schalldämpfer abgefeuert wurde."

Wegner nahm die vor ihm liegende Gästeliste hoch. „Na gut, ich werde mich mal ans Telefon klemmen. Vielleicht reicht es für eine Eintragung ins Guinnessbuch der Rekorde. Es sind immerhin über 40 Gäste auf der Vernissage gewesen."

* * *

Der Frühaufsteher Hannes Wegner saß auch heute schon an seinem Schreibtisch, als Andrea Liersen das Büro betrat. Vor ihm lag ein DIN A 4 Block, dessen erstes Blatt voll gekritzelt war. Gleich daneben stand der obligatorische Kaffeepott. Für die Kreuzfahrten besaß er neben einem Smoking auch einige teure Anzüge. Während der Arbeits- und Freizeit reichten ihm Lederjacke und Jeans. So auch jetzt. Ein kariertes Hemd und schwarze Lederschuhe vervollständigten seine äußere Erscheinung.

Nach der Begrüßung sah er seine Kollegin fragend an. Andrea Liersen, heute auch in Jeans, dazu einen Rollkragenpulli, warf ihre leichte Jacke über die Lehne ihres Stuhles und setzte sich.

„Ein Schuss in den Ofen", sagte sie. „Ich habe mir die Füße wund gelaufen. In Marienthal gibt es nicht sehr viele Mehrfamilienhäuser. Die vielen Villen und Einzelhäuser auf teilweise sehr großen Grundstücken abzuklappern ist kein Vergnügen. Wachhunde, die mich ankläffen und unfreundliche Menschen, die mich für eine Hausiererin halten. Das Ergebnis meiner Recherchen: Gleich Null. Niemand hat etwas gehört oder gesehen."

Hannes Wegner bemerkte ihren Blick auf seinen Schreibblock. „Mir ging es ähnlich. Ich habe mir die Finger wund telefoniert. Das gleiche negative Ergebnis. Einige meiner Gesprächspartner kennen den Tobias Ohlenbarge. Sie spielen gemeinsam Tennis im Wandsbeker Fußball- und Tennisverein von 1950. Ich habe den Vereinsvorsitzenden angerufen. Ohlenbarge war aktiver Spieler bei den Senioren und allgemein beliebt. Nur bei den Punktspielen gab es bei ihm öfter Ärger mit den Gegnern. Wenn seine Bälle, die er „gut" sah, vom Gegner „aus" gegeben wurden und umgekehrt Bälle des Gegners, die seiner Meinung nach in seinem Feld „aus" waren, der Gegner sie aber deutlich im Feld gesehen haben wollte. Der Vereinsvorsitzende und ich waren uns aber einig, dass solche albernen Streitigkeiten kein Mordmotiv sind."

Andrea Liersen lachte. „Ich habe meinem Vater einige Male bei Punktspielen zugesehen. Da geht es bei den alten Knaben manchmal mit äußerster Aggressivität zur Sache. Ganz ausschließen würde ich es nicht."

Während die beiden Kommissare über ihre nächsten Schritte bei den Ermittlungen sprachen, kam ein Kollege ins Zimmer. „Arbeit für euch. Wieder ein Leichenfund in Marienthal."

ZWEI

Die Leiche war männlich. Harald Knoke, 58 Jahre alt, Junggeselle. Ihm waren die Kehle durchschnitten und der Penis amputiert worden.

Der Mann wurde von seiner Aufwartefrau, einer älteren Dame namens Elke Schrader, gefunden. Sie hatte mit ihrem Schlüssel die Tür des Hauses in der Kielmannseggstraße geöffnet und den Hausherrn in keinem der Räume vorgefunden, so dass sie annahm, er sei ausgegangen. Als sie jedoch das Bett unbenutzt vorfand, wurde sie unruhig und lief in die Garage, um dort nach ihm zu suchen. Als sie ihn tot in seinem Wagen entdeckte, wurde sie ohnmächtig. Nachdem sie wieder zu sich gekommen war und wieder klar denken konnte, hatte sie die Polizei verständigt. Jetzt saß sie im Wohnzimmer des Hauses und wurde, nachdem sie ärztliche Hilfe abgelehnt hatte, von einer Polizistin betreut.

Diesen Ablauf schilderten die beiden Polizisten, die nach dem Anruf von Frau Schrader an den Tatort gekommen waren.

Kriminalhauptkommissar Hannes Wegner hörte sich die Schilderung der Polizisten an, unterbrach sie nicht und stellte auch keine Fragen. Kriminalkommissarin Andrea Liersen beobachtete die Arbeit des Gerichtsmediziners Gerd Rascher, der, in den Wagen hineingebückt, mit der Untersuchung der Leiche beschäftigt war. Spusi Dieter Gerting war dabei, Spuren an den Türgriffen des Wagens zu sichern.

Gerd Rascher kam aus seiner gebückten Haltung aus dem PKW hoch und wandte sich an Hannes Wegner: „Sehen Sie sich das an. Eine schöne Schweinerei. Hier gab es einen großen Blutverlust durch einen fachgerechten Kehlkopfschnitt. Das hat zum Tode des Mannes geführt. Der Täter könnte Angler oder Schweineschlachter sein. Der Schnitt muss mit einem scharfen Messer oder einem Skalpell ausgeführt worden sein, ebenso wie auch die üble Penisamputation."

„Also offensichtlich unser Täter vom Osterkamp", meinte Hannes Wegner, nachdem er einen Blick in das Innere des Wagens geworfen und den Mann mit getrocknetem Blut an seiner Kleidung und herunter gelassener Hose auf dem Beifahrersitz gesehen hatte.

Andrea Liersen hatte inzwischen den Spurensicherer auf Schuhsohlenabdrücke in einer Rabatte neben der Garage hingewiesen.

„Eine relativ kleine Schuhgröße", meinte Dieter Gerting, bevor er einen Gipsabdruck machte.

Der hinzu kommende Hannes Wegner fragte den Spurensicherer nach den persönlichen Sachen des Mannes.

Der Spusi Dieter Gerting zog aus seinem neben ihm stehenden Koffer einen gefüllten Klarsichtbeutel. „Hier: Geldbörse mit etwas Bargeld, Ausweispapiere, Führerschein, Kreditkarten, Visitenkarten -- alles vorhanden."

„Also wie gehabt. Kein Raubmord. Die Sachen nach der Auswertung mit dem Bericht zu mir", sagte Hannes Wegner etwas barsch.

Dieter Gerting verzog das Gesicht. „Wir haben das Wochenende vor uns."

„Egal", knurrte Hannes Wegner. „Montagmorgen möchte ich alles auf dem Tisch haben."

Er wandte sich an den Gerichtsmediziner Gerd Rascher, der die Diskussion mitgehört hatte: „Auch Ihnen wäre ich sehr dankbar, wenn ich bis dahin die Ergebnisse Ihrer Arbeit bekommen könnte."

Der Kommissar nickte seiner Kollegin zu: „Komm, wir müssen Frau Schrader befragen."

* * *

Andrea Liersen saß schon an ihrem Schreibtisch, als Hannes Wegner das Büro betrat. „Nanu, so spät, heute keine senile Bettflucht?", fragte die Kommissarin.

„Nein, ich habe am Wochenende einen Freund in Lübeck besucht. Wir wollen im nächsten Urlaub zusammen eine kleine Skandinavien-Kreuzfahrt ab Travemünde machen."

„Ach deshalb das für deine Verhältnisse späte Eintreffen am Arbeitsplatz?"

„Ach was, ich habe bei meinem Freund übernachtet und bin direkt von dort gekommen. Bei einer dreispurigen Autobahn müsste das eigentlich zügig gehen. Aber die mittlere Spur ist doch nur von kleinen Frauen mit krausen Haaren, in kleinen roten Autos belegt. Trotz Lichthupe oder Rechtsüberholen merken die nichts und fahren von Lübeck bis mindestens Hamburg trotz Rechtsfahrgebot ausschließlich auf der mittleren Spur."

„Nun mal langsam lieber Herr Kriminalhauptkommissar. Ich fahre auch oft auf dreispurigen Autobahnen. Erstens ist das Betätigen der Lichthupe in solchen Fällen und das Rechtsüberholen bei nicht stehendem Verkehr mindestens eine Ordnungswidrigkeit, und zweitens sehe ich immer diese Männer deines Jahrgangs mit Hut auf dem Kopf oder der Ablage permanent auf der mittleren Spur gemächlich dahin zockeln. Außerdem, das wollte ich dir schon immer mal sagen, sei doch bitte nicht so verbissen und mal etwas fröhlicher. Im Buddhismus gelten heitere Menschen als Erleuchtete."

„Ich möchte das Thema nicht vertiefen, wenden wir uns der Arbeit zu", beendete Hannes Wegner etwas knurrig die Autobahndiskussion.

Andrea Liersen schob ihrem Kollegen den Klarsichtbeutel mit den persönlichen Sachen des Opfers aus der Kielmannseggstraße und einen schriftlichen Bericht des Spurensicherers hinüber. „Viel hat der Spusi nicht gefunden. Wenn die Schuhsohlenabdrücke am Tatort stimmen, muss der Täter relativ kleine Füße haben. Schuhgröße 39 oder 40. Verwertbare Spuren wie Fingerabdrücke gab es wieder nicht. Er muss Handschuhe getragen haben. Und noch etwas: In der Jackentasche des Opfers befand sich eine namentliche Einladung zur Jahreshauptversammlung des Tennisvereins. Aber lies selbst. Hier ist auch der Bericht des Mediziners."

Sie reichte dem Kollegen eine Klarsichthülle mit beschriebenen A 4 Blättern hinüber.

Aufmerksam las Hannes Wegner die Berichte. Seine Kollegin holte inzwischen zwei Pötte Kaffee.

Der Kommissar legte die Berichte zur Seite, nahm einen Schluck aus dem Kaffeepott, meckerte über das zu heiße Getränk, mit dem er sich fast die Lippen verbrannt hätte, und rekapitulierte: „Tobias Ohlenbarge, ein Cateringunternehmer, und Harald Knoke, Chef eines Sanitärbetriebes, sind nicht Opfer eines Raubmordes geworden. Die Taten geschahen auch nicht im Affekt, sondern waren offensichtlich gut geplant. Das beweist auch die Tatsache, dass der oder die Täter keine Spuren hinterlassen haben. Beide Opfer wohnten in Marienthal und waren Mitglied im gleichen Tennisverein. Sie waren in ihrem Umfeld und Bekanntenkreis beliebt. Beiden wurde der Penis amputiert und Harald Knoke wurde mit einem Skalpell oder einem scharfen Messer die Kehle durchtrennt. Der Täter muss kräftig sein, denn der Schnitt in die Kehle geschah durch das offene Seitenfenster auf der Fahrerseite. Das deutet darauf hin, dass Täter und Opfer sich kannten. Wer lässt bei einem Fremden auf seinem Grundstück schon die Scheibe seines Wagens herunter? Nachdem das Opfer auf den Beifahrersitz gezerrt worden war, erfolgte dort – wohl wegen der deutlich größeren Bewegungsfreiheit --, die Amputation. Sowohl der Schnitt in die Kehle als auch die Amputationen sind – ich sage mal -- fachgerecht ausgeführt worden. Der Täter muss also medizinische Kenntnisse haben oder könnte ein Angler sein. Schweineschlachter können wir bei unserer Klientel wohl ausschließen. Es scheint dem Täter nur um den Schwanz seines Opfers zu gehen."

Hannes Wegner nahm einen großen Schluck vom inzwischen abgekühlten Kaffee.

„Also offensichtlich ein sehr kranker Mensch. Ein Psychopath, der das, was er nur im Miniformat hat, anderen Männern nicht gönnt. Und jetzt denke ich mal laut: Der Täter könnte ein Mannschaftskamerad aus dem Tennisverein sein, der beim gemeinsamen Duschen nach dem Training so etwas wie Penisneid entwickelt hat."

Andrea Liersen sprach es nicht aus. Aber sie dachte es: „Da habe ich aber einen Amateurpsychologen als Kollegen".

Die junge Kommissarin, die vor ihrer Ausbildung bei der Polizei ein Psychologiestudium abgeschlossen hatte und die Laufbahn einer Polizeipsychologin anstrebte, schüttelte leicht ihren Kopf. „So einfach ist das sicher nicht. Wer kennt schon das tatsächliche Krankheitsbild solcher auf bizarre Art Gestörten und seine Ursache? Jede Stadt wird von ein bis zwei Prozent Psychopathen bevölkert, die etwa 50 Prozent aller schweren Verbrechen begehen. Wenn Psychopathen erst mal Geschmack am Töten gefunden haben, wollen sie immer mehr. Gerichtsgutachter sprechen davon, dass die Kranken selbst nach einer Behandlung einen bewussten Wechsel von der Kranken- zur Verbrecherrolle vollziehen können. Der Täter fühlt sich vielleicht von Dämonen bedroht. Er hat Wahnvorstellungen, eine paranoide Psychose mit anhaltendem Verfolgungserleben. Und auch nicht zu vergessen: Wer mangelnde Empathie, Aggressivität oder eine brutale Kindererziehung erleidet, reagiert oft selber gewalttätig."

Jetzt griff die Kommissarin zu ihrem Kaffeepott, in dem das Getränk inzwischen kalt geworden war.

„So ähnlich, wie ich es gesagt habe. Allerdings, das muss ich zugeben, etwas wissenschaftlicher von dir formuliert", meinte Hannes Wegner und vertiefte sich wieder in die vor ihm liegenden Papiere.

„Egal", sagte Andrea Liersen. „Der Täter hinterlässt jedenfalls keine Spuren, er hat mit großer Sicherheit medizinische Kenntnisse, er geht planvoll vor und scheint intelligent zu sein. Keine leichte Aufgabe für uns bei einem Menschen mit diesem Täterprofil."

„Du hast doch schon mit dem Vorsitzenden des Tennisclubs gesprochen. Wir sollten uns eine Liste der

Mitglieder geben lassen", schlug die Kommissarin vor.

„Mitglieder ist in dem Zusammenhang passend", antwortete Hannes Wegner.

„Und dein Scherz ist in diesem Zusammenhang unpassend. Lass uns zur Geschäftsstelle fahren."

* * *

Petra Rufer, die Sekretärin der Vereinsgeschäftsstelle war sehr kooperativ. „Hier haben wir die Gesamtliste der Tennisabteilung."
Damit übergab sie die vom Drucker ausgeworfenen Blätter dem Kommissar.

„Was ist mit den Senioren", fragte Andrea Liersen.

„Die sind in der Liste enthalten, aber ich könnte Ihnen noch eine separate Aufstellung ausdrucken. Sie enthält auch die Telefonnummern der Herren."

Die Geschäftstellenmitarbeiterin betätigte ein paar Tasten an ihrem Computer und reichte dem Kommissar die Liste. „So, hier unsere aktiven Oldies. Eine lustige Truppe."

„Eine lustige Truppe?", fragte Hannes Wegner.

„Na ja, die Herren sorgen immer für Stimmung im Verein. Und sie unternehmen auch außerhalb des Vereinslebens viel gemeinsam. Kegelabende, Fahrrad-touren, gesellige Abende und so was. Schade, dass es seit dem Unglück im Watt damit vorbei ist."

„Was für ein Unglück im Watt?", fragte Kommissar Hannes Wegner.

42

Petra Rufer war erstaunt: „Sie wissen nichts von der Sache an der Nordsee vor ein paar Monaten? Seitdem gilt ein Mitglied unserer Seniorenmannschaft als vermisst."

„Gute Frau, wir sind von der Hamburger Kriminalpolizei und suchen keine Vermissten an der Nordsee. Und wenn die vermisste Person einem Verbrechen zum Opfer gefallen ist, sind die Kollegen in Niedersachsen oder Schleswig-Holstein zuständig. Aber erzählen Sie doch mal."

„Na ja, es stand damals auch in der Zeitung, was da bei Büsum passiert ist."

„Aha, sehen Sie, also in Schleswig-Holstein. Was ist passiert?"

Die Sekretärin holte einmal tief Luft und berichtete weiter: „Unsere Tennissenioren haben damals einen Ausflug mit einer Wattwanderung gemacht. Dabei ist Doktor Müller-Luttenburg verschwunden und soviel ich weiß, bisher auch nicht wieder aufgetaucht."

„Moment Frau Rufer, Sie sprechen von einem Unglück. Wenn jemand verschwindet und nicht wieder auftaucht, muss es doch kein Unglück gewesen sein."

„Was genau passiert ist, kann ich Ihnen auch nicht sagen. Da müssen Sie schon die Herren befragen, die damals dabei waren. Die Männer reden ja nicht über die Sache. Vielleicht erfahren Sie von denen mehr."

„Darauf können Sie sich verlassen, Frau Rufer."

Andrea Liersen hatte inzwischen auf die Namensliste geblickt. „Amandus Krebermeyer", las sie laut vor.

„Ja", sagte die Sekretärin. „Auch ein Mitglied der Tennissenioren. Ich verrate kein Geheimnis, wenn ich ihnen sage, dass Herr Krebermeyer so etwas wie ein Sponsor des Vereins und besonders der Senioren ist. Bei der Finanzierung der Gemeinschaftsabende und Ausfahrten unserer Oldies ist er nicht knauserig."

Hannes Wegner und Andrea Liersen bedankten sich und verließen die Geschäftsstelle des Wandsbeker Vereins.

Leichter Nieselregen hatte inzwischen eingesetzt. Hannes Wegner sah in den Himmel und anschließend auf seine Armbanduhr. „Machen wir für heute Feierabend. Morgen ist auch noch ein Tag."

* * *

Als Andrea Liersen am nächsten Morgen das Kommissariat betrat, saß Hannes Wegner schon an seinem Schreibtisch. Vor ihm lagen ein paar Computer-Ausdrucke und eine Akte, die er mit der Hauspost erhalten hatte. Die Lektüre schien interessant zu sein.

Die Begrüßung seiner Kollegin erwiderte er nur mit einem Kopfnicken und sagte: „Interessant!"

Nachdem Andrea Liersen ihre Jacke abgelegt und sich gesetzt hatte, fragte sie: „Was ist interessant?"

Hannes Wegner schob die Computer-Ausdrucke und die Hauspost-Akte zu ihr hinüber: „Ich habe mich bei den Kollegen in Heide in Holstein und in Büsum mal nach der Geschichte mit dem verschwundenen Doktor erkundigt. Aus Heide haben sie mir den

Abschlussbericht online rübergeschickt. Und in der Akte stehen die Ergebnisse der Befragung durch die Hamburger Kollegen bei seiner Ehefrau hier in Wandsbek. Du musst nicht alles lesen. Ich kann dir mit ein paar Sätzen die Sachlage schildern."

Andrea Liersen blickte auf den Wust Papier: „Na, dann schieß mal los!"

Hannes Wegner nahm noch einen Schluck aus dem Kaffeepott und berichtete: „Die Tennissenioren haben eine ihrer Freizeittouren gemacht. Bei Büsum sind sie auf einer Sandbank von der Flut überrascht worden. Doktor Müller-Luttenburg hat versucht, zum Ufer zu schwimmen, um Hilfe zu holen. Seitdem ist er spurlos verschwunden. Das ist die ganze Geschichte. Etwas interessanter, aber sonst das tägliche Brot der Kollegen auf unseren Polizeirevieren, die sich mit Vermissten-meldungen beschäftigen müssen. In der Akte steht auch nichts Erhellendes. Die Frau hat ihren Mann als vermisst gemeldet und angeblich nie wieder etwas von ihm gehört. Aber der Fall ist nach wie vor nicht abgeschlossen."

Hannes Wegner trank seinen Kaffeepott leer.

„Vielleicht ist sie jetzt Witwe oder auch nicht", schob er noch hinter her.

Andrea Liersen nickte: „Gut, fangen wir mit den Besuchen bei den Senioren an."

Sie sah auf die Aufstellung auf ihrem Schreibtisch: „Die Liste enthält zwölf Namen. Einer davon ist Stephan Müller-Luttenburg. Wir sollten einen Besuch bei der Frau machen, die jetzt Witwe ist oder auch nicht. Ihr Mann könnte inzwischen ja wieder auf-getaucht sein. Anderenfalls hätte die Frau uns sicher etwas zu sagen.

Der erste Name auf der Liste konnte gestrichen werden. Horst Janssen, ein Frührentner, machte mit seiner Frau Langzeiturlaub in der Dominikanischen Republik. Die Kommissare erfuhren es von der Tochter, die während der Abwesenheit ihrer Eltern das Haus hütete.

Auch der zweite Name konnte gestrichen werden. Robert Kettler, ein Physiotherapeut, war seit drei Wochen zur Reha an der Nordsee. Von seiner Frau erfuhren die Beamten, dass er einen schweren Band-scheibenvorfall erlitten hatte.

Auch der nächste Besuch verlief ergebnislos. Nikolaus Koop betrieb eine kleine Druckerei und behauptete, dass er die letzten Tage „rund um die Uhr gearbeitet hätte". Sein einziger Mitarbeiter bestätigte das.

Koop, ein etwas unsicher wirkender Mann, erzählte den Kommissaren etwas weitschweifig von seinem Betrieb: „Eigentlich sind wir nur noch ein Copyshop. Kleindrucksachen – früher unsere große Stärke -- werden heute von den Leuten auf ihrem heimischen Computer gefertigt. Manchmal bekommen wir Auf-träge von einer Kollegenfirma, die in großem Stil in ihren Maschinenpark investiert hat. Mit den teuren Hochleistungsmaschinen im Rollenoffsetdruck haben sie sich auf Kataloge und Broschüren in sehr hohen Auflagen spezialisiert. Kleinkram wie Briefbögen,

Visitenkarten, Trauerkarten und so etwas reichen sie an uns weiter. In den letzten Wochen haben wir ausnahmsweise mal fast ununterbrochen an einem Großauftrag gearbeitet. Sehen Sie dort."

Damit zeigte er auf bunte Kartons in der Größe von Zigarrenkisten, die sich an einer Wand bis zur Decke stapelten. „Das kann keine Maschine. Nur Handarbeit. Jeder der Kartons muss mit einem Gimmick befüllt werden. Alles für die Werbeaktion einer Markenartikelfirma für Kindersüßigkeiten. Damit sind wir seit zwei Wochen beschäftigt und kaum aus dem Laden herausgekommen."

Hannes Wegner hatte sich die Frage nach dem Vorfall bei der Wattwanderung bis zuletzt aufgehoben: „Herr Koop, was ist bei der Wattwanderung passiert, die Sie mit Ihren Tennisfreunden an der Nordsee unternommen haben?"

Nikolaus Koop verzog sein Gesicht: „Ich dachte, dass die Geschichte längst zu den Akten gelegt sei. Ich habe der Polizei in Schleswig-Holstein doch schon alles erzählt."

„Ja, aber wir möchten es noch einmal hören."

„Wenn es sein muss. Wir waren auf einer Sandbank und die Flut kam überraschend. Der Stephan, also der Doktor Müller-Luttenburg wollte ans Ufer schwimmen und Hilfe holen. Wir haben ihn nie wieder gesehen. So war es, und so haben wir es auch der Polizei damals erzählt."

Auf dem Weg zum Wagen meinte Hannes Wegner: „Ich denke, dass das noch nicht unser letzter Besuch bei dem Herrn war. Viel Arbeit ist nicht als Alibi zu akzeptieren."

Im Fahrzeug blickte der Kommissar auf die Liste: „Da haben wir noch einen Jürgen Leppermann. Er ist Leichenverbrenner im Krematorium Ohlsdorf und wohnt in der Claudiusstraße. Die liegt hier ganz in der Nähe.

Andrea Liersen startete den Wagen.

In der Claudiusstraße trafen die beiden Kriminalbeamten nur die Ehefrau des Mannes an.

„Mein Mann arbeitet", beschied sie ihnen.

„In Ohlsdorf?", fragte Hannes Wegner.

„Ja, aber was wollen Sie . . ."

„Danke, Frau Leppermann. Wir wollen nur eine Auskunft von ihm."

Auf der Fahrt zum Friedhof in Ohlsdorf erzählte Hannes Wegner seiner Kollegin, dass sich vor ihrer Zeit bei der Hamburger Kripo im Krematorium eine von der Hamburger Boulevard-Presse als Zahngoldbande bezeichnete Gruppe gebildet hatte. Einige Mitarbeiter hatten sich über längere Zeit an dem Zahngold der Eingeäscherten bereichert.

Im Krematorium bereitete eine Mitarbeiterin den beiden Kripobeamten Schwierigkeiten.

„Sie können da jetzt keinesfalls hinein. Der Herr Leppermann ist bei der Einäscherung in der Brennkammer. Sie müssen leider warten. Nehmen sie hier solange Platz."

Nachdem sie ein paar Minuten warteten, kam ein Mann aus der Brennkammer. Es war ein Kollege von Leppermann, wie ihnen die Mitarbeiterin sagte.

Hannes Wegner reichte es. Er stand auf und nickte seiner Kollegin zu: „Wir gehen jetzt hinein. Gefahr im Verzuge"

Die ältlich wirkende Mitarbeiterin des Krematoriums fing lautstark an zu schimpfen, sprach über die Wahrung der Pietät, konnte die Kripobeamten aber nicht zurück halten.

In der Brennkammer sahen sie noch, wie ein Mann, es musste Jürgen Leppermann sein, einen Sarg per Knopfdruck in den Ofen einfahren ließ.

Die Beamten wiesen sich aus.

„Sie sind Herr Leppermann?", fragte Wegner.

„Ja", sagte der Mann, machte aber keine Anstalten seine Arbeit zu unterbrechen.

Erst jetzt bemerkten die Kommissare, dass noch ein weiterer Sarg zur Einäscherung bereit stand.

Jürgen Leppermann sah den Blick der Beamten auf den Sarg.

„Unser letzter Kunde für heute. Dann ist Feierabend. Mit ihm waren es heute zwölf Menschen. Sechs Männer, fünf Frauen und ein Kind. Die Menschen sterben im Herbst wie die Fliegen.

Jürgen Leppermann drückte den Knopf.

Andrea Liersen war über die unsensible Ausdrucksweise des Mannes schockiert. Ein Mensch mit diesem Job verliert vielleicht irgendwann jedes Feingefühl, dachte sie.

Hannes Wegner, der ähnlich dachte, kam deshalb gleich zur Sache und fragte ganz direkt: „Herr Leppermann, wir ermitteln in der Mordsache der Marienthaler Tennisspieler. Wir wollen wissen, ob Sie die Taten begangen haben, oder ob Sie uns ein wasserdichtes Alibi nachweisen können."

Jürgen Leppermann war entrüstet: „Ich höre wohl nicht richtig. Aber ich habe ein, wie Sie sagen, wasserdichtes Alibi. Wenn ich die Zeitungsberichte richtig verstanden habe, sind die Taten in den späten Abendstunden geschehen. Ich hatte in der ganzen Woche Spätschicht. Das lässt sich in den Einsatzplänen vorn im Büro belegen. Lassen Sie sich die Arbeitspläne von der Kollegin zeigen und suchen Sie sich Ihren Mörder woanders."

Auf dem Weg zum Parkplatz des Krematoriums meinte Hannes Wegner: „Auch eine sehr schöne Gelegenheit, Menschen spurlos verschwinden zu lassen."

„Nun reicht es mir aber", sagte Andrea Liersen. Du redest ja genau so pietätlos und ohne jedes Feingefühl wie der Leichenverbrenner."

Hannes Wegner konterte: „Wenn du deinen Job erst mal 30 Jahre gemacht hast, wirst du dir auch eine seelische Hornhaut angeschafft haben – oder du bist schon mit einem Burnout-Syndrom frühpensioniert worden."

Jan Nedabrag konnte nicht befragt werden. Seine Wohnungsnachbarin erzählte den Kripobeamten, dass der Mann am Tag als der erste Mord geschah zu einer Geschäftsreise nach Rumänien aufgebrochen sei. In zwei Tagen werde er zurück erwartet. Die Nachbarin hatte den Wohnungsschlüssel und wusste so gut Bescheid, weil sie sich gern bereit erklärt hatte, Jan Nedabrags Katze während seiner Abwesenheit zu versorgen. Auf die Frage nach dem Beruf und dem Grund der Reise ihres Nachbarn konnte die Frau keine erhellende Antwort geben. „Er ist sicher in Geschäften unterwegs", war alles was sie wusste.

Als die beiden Beamten das Haus verließen, stellten sie fest, dass aus dem Nieselregen aus tief hängenden Wolken ein kräftiger Landregen geworden war.

Hannes Wegner sah seine Kollegin an. „Machen wir Schluss für heute. Die Letzten werden wir morgen befragen. Mein Magen knurrt, ich brauche unbedingt einen ordentlichen Happen zwischen die Kiemen. Außerdem könnte ein gepflegtes Feierabendbier auch nicht schaden."

DREI

Andrea Liersen konfrontierte am nächsten Morgen, als sie etwas verspätet im Kommissariat eintraf, ihren Kollegen nach der Begrüßung mit einer Idee: „Bevor wir die nächsten Befragungen durchführen, sollten wir feststellen, ob jemand von denen schon mal straffällig geworden ist."

Hannes Wegner setzte seinen Kaffeepott ab. „Habe ich schon gemacht. Sie sind alle unbelastet und haben eine weiße Weste. Krankheiten – auch psychische – können wir nicht feststellen. Die ärztliche Schweigepflicht lässt das nicht zu. Ganz abgesehen davon, dass wir kaum alle Ärzte ermitteln können, bei denen zwölf Leute in Behandlung sind. Außerdem habe ich die restlichen Tennisleute auf der Liste angerufen und auch – im Rahmen unserer Möglichkeiten – etwas über ihren beruflichen Hintergrund recherchiert. Die Männer wohnen übrigens alle in Marienthal."

„Aha", meinte Andrea Liersen. „Marienthal, der Bezirk der Besserverdienenden."

„Nein, ganz so ist es nicht", entgegnete Ihr Kollege. „Die Männer stammen aus ganz verschiedenen sozialen Schichten. Der einzige Zusammenhang ist der Tennissport, der sie in diesem Hamburger Stadtteil zusammen gebracht hat. Arme Schlucker gibt es hier auch. Die Entstehung von Marienthal ist dem durch Sklavenhandel reich gewordenen und von dir schon mal erwähnten Freiherrn von Schimmelmann zu verdanken. Er kaufte ein zu Holstein gehörendes Gut mit dem Dorf Wandsbek. An Stelle der alten Burg baute er ein Schloss. Der Schlosspark und das angrenzende Gehölz waren öffentlich zugänglich. Ab 1807 wurden von den Erben Schimmelmanns Teile des Gutes und der Ländereien verkauft. Ein Mann namens Carstenn kaufte und parzellierte das Gelände. Um 1860 wurde das Villenquartier nach dem Vornamen seiner Tochter Marienthal benannt. Später verkaufte der Mann das Schloss auf Abbruch. Heute wäre es eine große Sehenswürdigkeit.

„Interessant", meinte Andrea Liersen. „Du weißt ja gut Bescheid."

„Während meiner Schulzeit gab es noch so etwas wie Heimatkunde", sagte Hannes Wegner und sah auf die Liste, die von ihm mit handschriftlichen Notizen vervollständigt worden war.

„Tobias Ohlenbarge und Harald Knoke sind tot. Horst Janssen, ein Beamter in Frühpension, macht Langzeiturlaub in Mittelamerika. Robert Kettler, ein Physiotherapeut, ist in der Reha. Jürgen Leppermann, der Leichenverbrenner, hat ein wasserdichtes Alibi. Den Drucker Nikolaus Koop mit seinem windigen Alibi können wir uns später noch einmal vornehmen.

Amandus Krebermeyer können wir im Moment außen vor lassen. Bleiben noch fünf Männer, denen wir einen Besuch abstatten müssen.

Der Kommissar trank seinen Kaffeepott leer und blickte wieder auf seine Notizen.

„Da haben wir Rainer Vormann, Steuerberater in der Schatzmeisterstraße und einen Tierarzt Heribert Stute in der Rodigallee.

Dann ist da noch Jan Nedabrag, ein etwas dubios erscheinender Typ. Offenbar ein erfolgloser Künstler, Literat, Schauspieler, Regisseur und so etwas. Jetzt arbeitet er als selbstständiger Geschäftsmann in der Kunststoffbranche. Was genau mit Kunststoff gemeint ist, habe ich notiert."

Der Kommissar blickte kurz auf seine Notizen, rückte seine Lesebrille zurecht und las laut vor: „Kunststoff-Dichtungsbahnen aus Niederdruck-Polyäthylen."

„Wofür werden die denn benötigt?", fragte Andrea Liersen.

Hannes Wegner blickte wieder hoch. „Das habe ich meinen Informanten auch gefragt. Hauptsächlich zum Versiegeln von Mülldeponien. Auch im Baugewerbe wird das Material eingesetzt, nämlich zum Abdichten von Hausaußenwänden. Der Mann ist zuständig für den osteuropäischen Bereich. Dort sind jede Menge Hausmülldeponien zu versiegeln. Die Nachbarin von ihm hatte ja erwähnt, dass er auf einer Dienstreise in Rumänien sei."

Nach einer kurzen Denkpause fügte er noch hinzu: „Übrigens die ideale Möglichkeit, eine Leiche für immer unter diesen Dichtungsbahnen verschwinden zu lassen."

Die Kriminalkommissarin sah ihren Kollegen mit hochgezogenen Augenbrauen an. „Wir sind doch keine Figuren in einem zweitklassigen Kriminalroman, sondern real existierende Akteure, die in Mordfällen ermitteln, die mit äußerster Brutalität ausgeführt wurden. Unsere Leichen liegen nicht unter versiegelten Müllbergen, sondern lagen im Wandsbeker Gehölz."

Der Kommissar räusperte sich und fuhr fort: „Dann haben wir noch einen Will Becker. Betreiber einer Fäkalienabfuhr und Verleiher von Mobiltoiletten aus der Jüthornstraße."

Andrea Liersen unterbrach fragend ihren Kollegen: „Fäkalienabfuhr?"

„Ja, im Umland von Hamburg sind viele Haushalte noch nicht an das kommunale Abwassersystem angeschlossen. Es sind überwiegend Parzellen, also Schrebergärten, in denen die Leute in der Nachkriegszeit vom Senat wegen der Wohnungsknappheit das Wohnrecht eingeräumt bekamen. In einigen Bezirken wurde später der Ausbau der einfachen Gartenlauben gestattet. Heute stehen in solchen Gärten teilweise imposante Gebäude, die nicht immer vom guten Geschmack der inzwischen dritten Generation zeugen. Da müssen von Will Becker und seinen Mitbewerbern regelmäßig die Plumpsklos geleert und die Brühe entsorgt werden. Auch auf Bauernhöfen in den Hamburger Randbezirken müssen die Jauchegruben regelmäßig abgepumpt werden."

„Okay, aber Mobiltoiletten? Vielleicht gibt es einen Zusammenhang mit dem Fundort der ersten Leiche!"

„Das werden wir herausbekommen. Wir werden den Herrn sehr deutlich befragen."

„Und der Letzte?", fragte die Kommissarin.

„Die Letzte muss es jetzt heißen. Frau Müller-Luttenburg aus der Marienanlage. Er war oder ist Chirurg und Gynäkologe. Ich habe herausgefunden, dass er seine chirurgische Doktorarbeit über das Thema `Schussverletzungen` geschrieben hat."

Andrea Liersen hatte ihre Jacke noch nicht ausgezogen. „Mit dem Tierarzt ist auf jeden Fall ein noch lebender Mediziner dabei. Den sollten wir uns zuerst vorknöpfen. Der kann sicher gut mit einem Skalpell umgehen."

* * *

Bei strahlendem Sonnenschein parkte der Kommissar den Dienstwagen in einer Lücke vor dem Haus in der Rodigallee. Das Schild mit dem Veterinär-Emblem und dem Hinweis „Heribert Stute, Tierarzt" war nicht zu übersehen.

Die Kripobeamten mussten erst einmal eine stark übergewichtige junge Frau, die einen Zwillingskinderwagen schob, vorbei lassen, bevor sie die Praxis betreten konnten.

Es war etwas schwierig für die Kommissarin, der jungen Assistentin an der Anmeldung ihr Anliegen zu schildern. Ein Setter, der nicht mit dem Tierarztbesuch einverstanden war, protestierte mit lautem Kläffen, während sein Halter vergeblich versuchte, ihn zum Verstummen zu bringen. Neben ihm saß eine ältere Dame mit einem abgedeckten Käfig auf dem Schoß. Unter dem Tuch hockte offenbar ein Papagei. Sein durchdringendes Geschrei übertraf noch an Lautstärke den bellenden Hund. Nachdem ein älterer Mann mit einem Tragekorb, in dem eine Katze saß, das Behandlungszimmer verließ, konnten die Kripobeamten den Tierarzt befragen.

„Ja, ich habe natürlich von den Todesfällen meiner Tennisfreunde gehört, alles ganz schrecklich", sagte Heribert Stute.

Kommissar Wegner führte das Gespräch: „Ihr Wartezimmer ist sehr voll. Wir haben nur ein paar Fragen und würden es gerne kurz machen."

„Das können wir", sagte der Tierarzt. „Sie wollen sicher ein Alibi von mir. Das können Sie haben. Ich war an den Tagen, als die Taten geschahen, eine Woche zur Fortbildung an der Hochschule für Veterinärmedizin in Hannover. Das Zertifikat darüber hat meine Assistentin an der Anmeldung. Ich habe sie gebeten, es rahmen zu lassen. Außerdem kann sie Ihnen meine Abwesenheit bestätigen. Sie hat gearbeitet und Terminvergaben erledigt. Und wenn das noch nicht reicht, wird die Hochschule in

Hannover Ihnen sicher meine Teilnahme an dem Seminar zu der fraglichen Zeit gern bestätigen."

„Eine letzte Frage noch Herr Stute: Was geschah auf der Wattwanderung mit Ihren Tennisfreunden?"

„Ach Herr Kommissar, das musste natürlich auch noch kommen. Ich bin sozusagen der Primus inter pares unter uns Tennisfreunden auf dieser Wattwanderung gewesen. Ich mache mir heute noch Vorwürfe, dass es mir nicht gelungen ist, unseren Sportfreund Müller-Luttenburg von seinem verrückten Vorhaben abzuhalten."

„Welches verrückte Vorhaben?"

„Na ja, bei Orkan mit ablandigem Wind und sehr hohem Wellengang von einer Sandbank aus zum Ufer zu schwimmen."

„Er wollte also Hilfe holen?"

„Ja, natürlich!"

„Und er ist aus freien Stücken geschwommen? Sie haben nicht verlangt, dass einer schwimmt? Oder haben Sie ein Mitglied der Gruppe ausgelost?"

„Nein, haben wir nicht. Und ich habe in der Richtung nichts bestimmt. Das ist bei der Polizei in Schleswig-Holstein alles aktenkundig."

„Danke Herr Stute, das wär's für heute. Ihre nächsten Patienten warten."

Die Kommissare steuerten ihr nächstes Ziel an. Auf dem Weg zu Frau Müller-Luttenburg stoppte die jetzt am Steuer des Wagens sitzende Andrea Liersen. Sie deutete auf ein Straßenschild: „Schatzmeisterstraße! Da wohnt doch der Steuerberater Vormeier."

Hannes Wegner sah auf seine Unterlagen. „Ja, Steuerberater Rainer Vormann, nicht Vormeier. Dieser Berufsstand hat Wohnung und Büro oft unter einem Dach. Also los!"

Das Haus befand sich auf dem hinteren Teil des großen Grundstücks. Davor lag eine gepflegte Rasenfläche. Seitlich am Grundstück führte eine gepflasterte Einfahrt zu den Garagen hinter dem Haus. Von der Eingangspforte ging der Weg schnurgerade zur Eingangstür in der Mitte des Hauses.

Hannes Wegner betätigte die Klingel. Kurz darauf ertönte aus der Gegensprechanlage eine sympathisch klingende Stimme: „Ja bitte, was wünschen Sie?"

Die Kripoleute gaben sich zu erkennen. „Kripo Hamburg. Wir möchten nur kurz Herrn Vormann sprechen."

Ein Summer ertönte und die Pfortentür sprang auf.

An der Eingangstür wurden sie von einer etwas besorgt aussehenden Frau empfangen. „Brigitte Vormann mein Name. Was ist mit meinem Mann? Haben Sie ihn gefunden?"

Hannes Wegner schaute etwas irritiert. „Wieso gefunden? Wir haben ihn hier bei Ihnen im Haus vermutet."

„Nein", sagte die Frau, die etwas die Fassung zu verlieren schien. „Mein Mann ist gestern von einem Spaziergang nicht zurückgekommen. Ich war schon auf dem Revier, um ihn als vermisst zu melden. Mir wurde aber gesagt, dass die Vermisstenmeldungen erst nach 24 Stunden aufgenommen würden."

Bei den beiden Kriminalbeamten klingelten die Alarmglocken. Es war ihnen schlagartig klar, dass keine Zeit zu verlieren war.

Andrea Liersen bat die beunruhigte Frau, den Ablauf des Abends genau zu schildern.

Brigitte Vormann versuchte Haltung zu bewahren.

„Es war so: Mein Mann hatte den ganzen Tag bis auf eine kurze Mittagspause an seinem Schreibtisch gearbeitet. Er wollte sich nur kurz die Füße vertreten, nur einmal um den Block gehen oder ein paar Schritte durchs Gehölz machen."

Die Kommissarin hakte nach: „Sind Sie sich da ganz sicher oder haben Sie sich gestritten?"

Brigitte Vormann kamen jetzt doch ein paar Tränen. „Natürlich war es so. Wir haben uns nicht gestritten. Er ist vorher noch nie ohne eine Verabschiedung für längere Zeit aus dem Haus gegangen. Wenn sich seine Heimkehr mal verzögerte, hat er sonst auch immer angerufen. Trotzdem habe ich unsere Freunde abtelefoniert. Keiner von ihnen kann sich sein Verschwinden erklären."

Brigitte Vormann trocknete sich die Tränen.

„Unser Auto und auch die Fahrräder stehen in der Garage. Ich bin mir absolut sicher, dass mein Mann mich nicht verlassen wollte. Einfach so weglaufen ist nicht seine Art. Und krank war er auch nicht."

Die Frau konnte ihre Tränen jetzt nicht mehr zurückhalten.

Kriminalhauptkommissar Hannes Wegner blickte seine Kollegin an und traf eine Entscheidung: „Wir benötigen sofort Fährtensuchhunde und einen Trupp Männer aus der Bereitschaft."

Andrea Liersen griff zum Telefon.

VIER

Vor dem Haus der Familie Vormann hielt ein Kombi mit zwei Hundeführern. Auf der Ladefläche standen zwei Boxen, in denen die Hunde auf ihren Einsatz warteten. Hinter dem Fahrzeug parkte ein größerer Polizeiwagen mit sechs Polizisten der Bereitschaft. Drei Beamte betraten das Haus und stellten sich vor: Marcel Nerlich, der Gruppenleiter der Bereitschaft, Manfred Krüger, der Hundeführer und sein Kollege Fabian Kuhnke.

Manfred Krüger, ein hagerer Mann in den Fünfzigern, war mit Allwetterjacke, Cordhosen und derben Stiefeln bekleidet. Er erläuterte knapp die Vorgehensweise: „Wenn der Hund die Spur aufgenommen hat, nehme ich ihn an die Langleine. Der Kollege Kuhnke und ich folgen dem Hund. Das Haus hier ist die Einsatzzentrale. Einer der Kripobeamten bleibt hier im Haus. Ebenso Gruppenleiter Marcel Nerlich. Seine Truppe hält sich draußen im Wagen in Bereitschaft."

Jetzt blickte er Hannes Wegner an. „Wir werden telefonisch Kontakt halten. Falls der Hund fündig wird, werde ich anrufen. Als Einsatzleiter werden Sie dann die weiteren Schritte veranlassen. Ihre Kollegin kann mitkommen. Sie bleibt mit Fabian Kuhnke ein paar Meter hinter mir und dem Hund auf Abstand. Hat noch jemand Fragen?"

Er blickte in die Runde. „Nein? Gut, dann hole ich jetzt den Hund herein."

Während Brigitte Vormann zusammen gesunken in einem Ohrensessel kauerte, blickten die Beamten durch die Fensterfront des Wohnzimmers nach draußen und sahen, wie der Hundeführer eine der beiden Boxen öffnete und ein Hund heransprang.

„Das ist unser Artus, ein fünfjähriger Malinois", erläuterte Manfred Krüger, als er mit dem Hund an der kurzen Leine wieder das Haus betrat.

Er blickte auf Brigitte Vormann. „Kommen wir jetzt zum Geruchsträger."

Frau Vormann rappelte sich aus dem Sessel hoch. "Geruchsträger?", fragte sie.

„Ja, getragene Wäsche Ihres Mannes oder falls er einen Trockenrasierer hat, in dem sich sicher noch Bartstoppeln befinden."

Jetzt flossen bei der Frau wieder die Tränen. „Er hat einen Trockenrasierer. Ich hole Ihnen den Apparat", schluchzte sie.

„Nein", hielt Manfred Krüger Brigitte Vormann zurück. „Nichts anfassen. Ich komme mit."

Während Artus auf einen Befehl des Hundeführers im Wohnzimmer auf dem Teppich liegend auf seinen Einsatz wartete, gingen die Frau und Krüger in das Badezimmer des Hauses. Frau Vormann zog eine Schublade auf.

„Stopp", sagte der Hundeführer. „Den Rest mache ich."

Er zog seine Gummihandschuhe über und nahm einen sterilen Klarsichtbeutel aus der Jackentasche. Anschließend nahm er die Kappe des Rasierers ab und schüttelte die Bartstoppeln der letzten Rasur des Hausherrn in den Beutel.

Im Wohnzimmer wurde Artus die zehn Meter lange Leine angelegt. Manfred Krüger hielt ihm den offenen Beutel mit den Bartstoppeln unter die Nase. Der darauf trainierte Hund nahm die Geruchsprobe auf. Es war ihm anzusehen, dass er die ihm gestellte Aufgabe verstanden hatte. Mit seiner Rute wedelnd schnupperte er den Teppich des Wohnzimmers ab und zog seinen Halter nach dem Öffnen der Haustür durch den Flur nach draußen. Weiter ging es den Weg zur Pforte entlang und über die Straße. Der Hundeführer hatte an der Langleine Mühe, dem Tempo von Artus zu folgen. Mit der Nase am Boden und nicht nachlassendem Eifer zog der Hund seinen Halter auf dem Gehweg die Schatzmeisterstraße entlang. Als ein ausgetretener Pfad die Möglichkeit bot, in das Wandsbeker Gehölz einzubiegen, lief Artus den Weg entlang. An einer Gabelung zögerte er kurz. Die Nase am Boden lief er beide Möglichkeiten ab, bis er sich für einen Weg entschied. Jetzt ging es wieder in schnellem Tempo weiter.

Einige Meter hinter Artus und seinem Hundeführer beeilten sich Fabian Kuhnke und Andrea Liesen Anschluss zu halten. Kuhnke erläuterte der jungen Kommissarin dabei die Vorgehensweise seines Chefs: „Artus folgt der Duftspur des Vermissten. Statt Bartstoppeln ist auch ein Schlüsselbund, ein benutztes Taschentuch oder ein anderer persönlicher Gegenstand geeignet. Das Mantrailing entspricht dem natürlichen Wesen und Trieb des Hundes. Die Tiere leben in einer Geruchswelt. Sie gebrauchen ihre Nase und wollen Dinge erschnuppern. Und sie wollen gefordert werden. Der Hundeführer muss das Verhalten des Tieres `lesen` können. Änderungen in der Körperspannung, der Bewegung der Rute und des Kopfes muss vom Hundeführer wahrgenommen und richtig gedeutet werden. Der Erfolg des Erspürens einer Fährte ist auch eine Frage der Zeit. Je frischer die Spur, desto besser. Nach etwa 36 Stunden verblasst das Geruchsmuster."

Andrea Liersen fand nicht nur die Erläuterungen von Fabian Kuhnke interessant. Auch die ganze Erscheinung des jungen Hundeführers gefiel ihr. Er war glatt rasiert, hatte kurze blonde Haare, war zwei Köpfe größer als sie selbst und mit einer angenehmen Stimme ausgestattet. Aber schnell konzentrierte sie sich wieder auf das Geschehen ein paar Meter vor ihnen.

Schnell und eifrig lief Artus an ein paar Teichen vorbei. Vor einem dichten Gebüsch, welches sich seitlich des Weges über ein längeres Stück erstreckte, verhielt der Hund. Aber nur kurz, um dann umso schneller in das Dickicht einzudringen. Manfred Krüger hatte wieder Mühe, Artus durch das Buschwerk zu folgen. An dornigen Sträuchern zog er sich dabei einige schmerzhafte Schrammen an beiden Wangen zu. Plötzlich wurde die Langleine locker. Der Hundeführer drückte noch einen ihm die Sicht nehmenden Busch zur Seite und sah, dass Artus verharrte.

Manfred Krüger wurde klar, dass der Hund nicht weiter gehen wollte. Der Mann, der ein paar Meter vor ihnen im Laub von Büschen und Bäumen lag, musste tot sein.

Der Hundeführer wandte sich an die inzwischen herangekommene Kripokommissarin: „Artus ist ein Mantrailer. Er ist ausgebildet für die Suche nach Vermissten. Er ist kein Leichenspürhund. Bei einem noch Lebenden hätte er am Aufgespürten sitzend Laut gegeben. Vor dem Leichengeruch schreckt er zurück. Seine Aufgabe endet hier."

Der Hundeführer lobte den Hund mit einem „brav gemacht, Artus", gab ihm ein Leckerli, und überließ den Fundort der ermittelnden Kriminalpolizei. Er rief noch den Einsatzleiter im Haus Vormann an, schilderte die Situation und beschrieb den Weg zum Fundort. Seinen Assistenten Fabian Kuhnke bat er, die Beamten bei der weiträumigen Abgrenzung des

Tatorts mit Flatterband zu helfen und eventuell auftauchende Gaffer fernzuhalten.

Kriminalhauptkommissar Hannes Wegner traf zuerst ein. Er hatte nach den Anruf des Hundeführers Notarzt, Gerichtsmedizin und die Spurensicherung angefordert.

„Lass mich raten", sagte der Kommissar zu seiner Kollegin. „Wieder eine Amputation?"

Andrea Liersen antwortete nur mit „Ja."

Nach einem Blick auf den Mann am Boden wurde dem Kommissar klar, dass ein Notarzt nicht mehr nötig war. Stattdessen mussten auch die Bestatter verständigt werden, um die Leiche nach den Arbeiten am vermutlichen Tatort in die Gerichtsmedizin zu schaffen.

Manfred Krüger verabschiedete sich: „Wir werden sicher nicht mehr gebraucht."

Hannes Wegner bedankte sich gerade bei den beiden Hundeführern, als ein Notarzt, der Gerichtsmediziner und die Spurensicherung eintrafen.

Fabian Kuhnkes Verabschiedung von Andrea Liersen dauerte etwas länger. Auch der junge Hundeführer schien Gefallen an der Kommissarin gefunden zu haben.

Obwohl Hannes Wegner sich inzwischen wieder mit dem Leichenfund beschäftigte, registrierte er doch, dass seine Kollegin dem jungen Hundeführer ihre Visitenkarte übergeben hatte.

* * *

Es war wie bei den Verbrechen an Tobias Ohlenbarge und Harald Knoke. Rainer Vormann wurde getötet, anschließend wurde ihm der Penis amputiert. Auch in diesem Fall waren keine verwertbaren Spuren auszumachen.

Der Gerichtsmediziner Gerd Rascher hatte bei der Übergabe seines Berichtes bedauernd gesagt: „Wieder keine genetischen Fingerabdrücke wie Speichel, Blut oder Urin des Täters, mit dem wir ihn überführen könnten.

Die beiden Kriminalbeamten saßen am Morgen nach dem Fund der Leiche frustriert an ihrem Arbeitsplatz. Von ihrem Vorgesetzten waren personelle Konsequenzen angedroht worden, wenn sie nicht „zeitnah", wie er sich ausgedrückt hatte, Erfolge vorweisen könnten.

„Wir können doch unmöglich für alle noch lebenden Tennissenioren des Sportvereins Personenschutz veranlassen."

Damit war das Gespräch bei ihrem Chef beendet.

„Bleibt noch die Frau Müller-Luttenburg oder ihr Mann, falls er noch lebt und wieder aufgetaucht ist", meinte Hannes Wegner. „Also machen wir uns noch einmal auf den Weg."

Es gab am Tor zu der auf einem weitläufigen Grundstück gelegenen Villa keinen Hinweis auf eine Arztpraxis. Eine Frau arbeitete in einem nahe am Haus gelegenen Rosenbeet.

„Vielleicht ist es nur die Privatadresse des Arztes. Die Praxis wird sicher nicht mehr existieren. Aber eventuelle Hausangestellte und vor allem die Ehefrau zu befragen kann auch hilfreich sein. Vielleicht ist der vermisste Ehemann inzwischen wieder aufgetaucht. Gehen wir doch einfach mal davon aus", meinte Hannes Wegner.

Jetzt kam die Frau aus dem Rosenbeet an die Eingangspforte. Vor den Dornen der Rosen hatte sie sich mit Handschuhen geschützt. In der Hand hielt sie eine Rosenschere. „Kann ich Ihnen helfen?"

Hannes Wegner zeigte seinen Ausweis. „Wir sind von der Kripo und möchten Herrn Doktor Müller-Luttenburg sprechen."

FÜNF

ACHT MONATE VORHER

Die Ebbe hatte eingesetzt. Das Wasser der Nordsee zog sich zurück und legte das Watt langsam trocken. Die zwölf Männer mit ihren prall gefüllten Rucksäcken und einigem Handgepäck stiefelten durch den Strandflieder, die Meerbinsen und andere krautige Pflanzen auf den Salzwiesen. Nach einer kurzen Strecke hatten sie die graue Einöde der Nordsee vor sich. Heribert ging voran und führte die Gruppe in das Watt.

* * *

Sie waren früh morgens um vier Uhr in Wandsbek aufgebrochen. In Fahrgemeinschaften von jeweils vier Personen saßen sie in drei Wagen. Im ersten Fahrzeug, einem schweren BMW, saßen neben dem Halter Jürgen noch Will, Horst und Heribert. Der zweite Wagen, ein schwarzer Mercedes der S-Klasse, wurde von Stephan gelenkt. Neben ihm saß Tobias. Auf der Rückbank hatten Rainer und Harald es sich bequem gemacht. Im dritten Fahrzeug, einem Geländewagen der Marke Mercedes, mit Robert als Fahrer, saßen noch Amandus, Niko und Jan.

Jürgen fuhr den ersten Wagen ohne eingeschaltetes Navigationssystem. Heribert, der neben ihm saß, gab ihm die Richtung an. Er war in Büsum aufgewachsen, hatte noch familiäre Bindungen zu der Stadt an der Nordsee und hätte die Tour im Schlaf fahren können. Er hatte den Ausflug der Tennisfreunde organisiert. Es sollte eine ganz spezielle Wattwanderung werden. Als Mann der Nordseeküste kannte er sich im Watt bestens aus.

Heribert stammte aus einer Familie von Seenot-rettern. Er wusste alles, was ein Wattführer über die Tide, Wind, Wetter und Navigation wissen muss. Bevor er ein Studium der Tiermedizin begann, hatte er eine seemännische Ausbildung durchlaufen. Aus dieser Zeit trug Heribert als traditionsbewusster Mensch immer noch einen goldenen Ohrring. Bei den Seenotrettern in früheren Zeiten war dieses Schmuck-stück ein Garant dafür, dass ein auf See gebliebener Retter ein würdiges Begräbnis bekam, wenn sein Leichnam an irgendeinen Strand gespült wurde.

Sie wollten etwas nördlich von Büsum vom Hed-wigenkoog aus zu einer Sandbank wandern. Heribert hatte seinen Freunden von „Blauort" einer kleinen Insel erzählt, die sich drei Kilometer vor der Küste aus Sand durch den Gezeitenstrom gebildet hatte. Bei

Ebbe sei sie für sportliche Wanderer durch das Watt gut zu Fuß zu erreichen. Bei Flut würden ein paar Quadratmeter Fläche über dem Meeresspiegel bleiben. Heribert war die Strecke schon mehrfach gelaufen und hatte den Tidenwechsel auf „Blauort" abgewartet. Aus Treibgut – Holzbalken, Bretter und Kunststoffkästen – hatte er mit alten Freunden aus Büsum eine einfache Windschutzhütte gebaut. Das ganze Bauwerk war mit einer alten Persenning abgedeckt, so dass es sich darin auch bei Regen aushalten ließ. Besonders deshalb, weil in der Hütte ein Grill stand und die Rucksäcke der Männer mit Würsten, Fleisch und Bier gefüllt waren. Nach der Flut, also während der nächsten Ebbe am späten Nachmittag, wollte die Gruppe zum Strand zurück wandern.

Im zweiten Wagen unterhielt Harald seine Mitfahrer mit Geschichten, die er während einer Stippvisite in New York erlebt hatte. Er berichtete von einem Besuch in einem Mehrfamilienhaus in der Südbronx. Seine Mitreisenden wollten in dieser furchtbaren Gegend das Taxi nicht verlassen. Auch der Taxifahrer riet ihm eindringlich vom Betreten der Ruine ab.

Aber Harald, der im Tennisspiel das mutige Angriffsspiel bevorzugte, ließ sich nicht abhalten. „Ich will mal sehen, wie es in einem solchen Haus aussieht und was für Leute darin wohnen. Ich laufe da jetzt rein."

Und er stapfte an Feuern in alten Ölfässern vorbei in die offene Haustür, vor der ein paar finstere Gestalten herum lungerten.

Nach zehn Minuten war er wohlbehalten zum Taxi zurückgekehrt.

Im dritten Wagen führte Jan das große Wort. Er hatte ein kantiges, kräftig wirkendes Gesicht. Als Raucher von schweren Havanna-Zigarren hatten seine noch vollzählig erhaltenen Zähne eine kubanische Patina erhalten. Verstärkt wurde sie noch durch seinen enormen Konsum von schwarzem Assam-Tee. Er war ein begnadeter Erzähler von Anekdoten und skurrilen Geschichten. Anders als die meisten der Tennisfreunde, die den Großteil ihres Lebens in Wandsbek verbracht hatten, war er durch berufliche Veränderungen in der Welt herum gekommen, und er konnte Storys erzählen, bei denen es nicht nur um Fußball oder Tennis ging. Er behauptete, dass sein Urgroßvater den Reißverschluss erfunden hatte. Ende des 19. Jahrhunderts war sein Urgroßvater als Schuh-macher nach Amerika ausgewandert. Sein Geschäfts-partner Judson hatte sich angeblich nach dem Tod des Urgroßvaters Ende der 90er Jahre diese Erfindung patentieren lassen. Jan erzählte, dass der Reiß-verschluss ursprünglich für Stiefel und Tabakbeutel entwickelt wurde. Erst in den 50er Jahren des 20. Jahrhundert sei der Reißverschluss in leichterer Form konzipiert worden und konnte auch in Kleidungs-stücken eingesetzt werden.

Jan wurde von seinen Tennisfreunden nur Goldrippe genannt. Breit ausufernd hatte er einmal von einem Unfall in der Jugendzeit erzählt. Ihm war angeblich eine Goldrippe implantiert worden. Nach skeptischen Nachfragen seiner Freunde hatte er behauptet: „Warum nicht, andere haben Goldzähne. Ich habe eine Goldrippe." Seitdem hatte er seinen Spitznamen.

* * *

Die Stimmung unter den Wattwanderern war gut. Alle freuten sich auf das kleine Abenteuer, das vor ihnen lag. Witze wurden gerissen, und es wurde geflachst.

Horst fragte Goldrippe, ob er sicher sei, die Strecke bis zur Düne mit seinen Plattfüßen zu schaffen. Der konterte umgehend: „Ein Wunder, dass du von deiner Frau für diesen Tag freibekommen hast."

Es dauerte nicht lange, bis die bunt zusammen gewürfelte Gruppe an einen Priel kam, der ihnen den direkten Weg versperrte.

„Vanitas vanitatum, et omnia vanitas", sagte Stephan und ließ den bibelfesten Lateiner raushängen.

„Damit ihr es auch versteht: Alle Wasser laufen zum Meer", übersetzte er, als er die fragenden Blicke der Tennisfreunde sah.

„Wo man raucht, da kannst du ruhig harren, böse Menschen haben keine Zigarren", meinte Goldrippe etwas unpassend.

Er holte ein ledernes Etienne-Aigner-Etui aus der Seitentasche seiner kurzen Cargohose, zog eine dicke Havanna heraus und versuchte sie nicht ganz stilgerecht mit einem Feuerzeug anzuzünden. Wegen des Windes benötigte er ein paar Versuche. Genüsslich paffend lief er weiter.

In der grenzenlos scheinenden Weite des Watts war außer ihnen kein Mensch zu sehen. Auch Touristen waren zu dieser frühen Stunde noch nicht als Wattwanderer unterwegs.

Heribert dirigierte die Gruppe weiter westwärts. „Ein Durchschwimmen des Priels ist nicht nötig", meinte er.

Sie folgten ihm in die angezeigte Richtung. Stephan, Harald und Niko, der seine Gummistiefel vergessen hatte, liefen barfuss.

„Erstens bekommt man in Gummistiefeln leicht Blasen an den Füßen, und zweitens sind wir doch keine Weicheier", hatte Stephan seine Entscheidung kommentiert.

Stephan war ein Mann wie ein Baum. Groß und kräftig, mit blondem Haarschopf, blauen Augen und hellem Dreitagebart galt er als der große Casanova der Tennisgruppe. Nur bei näherem Hinsehen merkte man, dass er etwas von einem in die Jahre gekommenen Gigolo hatte. Nicht nur die Singlefrauen im Tennisclub lagen ihm zu Füßen. Gerüchte darüber, dass er mit der einen oder anderen Frau im Verein mehr als nur gemeinsam Mixed im Doppel spielte, gab es immer wieder. Ihm war bekannt, dass er im

Club als „Frauenarzt aus Leidenschaft" bezeichnet wurde.

Die See hatte sich inzwischen weit zurückgezogen. Es ließen sich jetzt Seevögel in dem trocken gefallenen Watt nieder und suchten nach Nahrung. Ein Paar Austernfischer umschwirrte die wandernde Gruppe und begleitete sie ein Stück.

Will erzählte seinen Freunden etwas von den Populationen der Seevögel an der Nordsee. Von den Sandregenpfeifern, den Knutts, Küstenseeschwalben, Seeregenpfeifern und den verschiedenen Gänse- und Möwenarten.

Will war froh, dass er die Wanderung mitmachen konnte. Erst vor drei Monaten hatte er ein künstliches Hüftgelenk bekommen. Auf Fragen der Tennisfreunde nach dem Heilungsverlauf hatte er nur gesagt: „Alles in Ordnung. Nächste Woche werde ich auch beim Tennis wieder angreifen."

Will, ein ruhiger, ausgeglichener Mann, kam nur in geselliger Runde aus sich heraus. Da wurde er zur Stimmungskanone. Seine Witze und lustigen Döntjes verbreiteten schnell Frohsinn und Heiterkeit. Er hatte ein Biologiestudium begonnen, um Ornithologe mit der Fachrichtung Verhaltensforschung zu werden. Vogelkunde war seine große Leidenschaft neben dem Tennisspiel. Nach dem frühen Tod seines Vaters hatte er das Studium schweren Herzens abgebrochen, um den in dritter Generation geführten Betrieb für Fäkalentsorgung zu übernehmen. Als immer mehr

Haushalte in den Hamburger Randbezirken an das kommunale Kanalisationsnetz angeschlossen wurden, gab es Umsatzeinbußen. Will baute sehr erfolgreich als zweites Standbein den Verleih von Mobiltoiletten auf.

Seinen Urlaub verbrachte er regelmäßig in den Vereinigten Staaten. Er war dort Mitglied in einer Birdwatching-Gruppe. Besonders Greifvögel hatten es ihm angetan. Begeistert erzählte er häufig von der Beobachtung des Weißkopfseeadlers, dem Wappentier der Nordamerikaner. Auch vom schnellsten Vogel der Welt, dem Wanderfalken, berichtete er gern und ausführlich.

Während der Wattwanderung konnte Will sehr interessante Einzelheiten über die Vogelwelt des Wattenmeers der Nordsee erläutern: „Es ist das weitaus vogelreichste Gebiet Deutschlands. Nach neuesten wissenschaftlichen Erkenntnissen führt der Klimawandel aber zu einem Rückgang vieler Arten."

Es war nur eine kleine Gruppe, die sich für die Erläuterungen von Will interessierte. Der größere Teil der Tennisfreunde lief etwas abseits und kannte nur ein Thema: Fußball und den Hamburger Sportverein im Besonderen. Wie auf fast allen Touren und Zusammenkünften der Gruppe war es das alles beherrschende Thema. So auch heute. Für die Tierwelt im Wattenmeer zeigten sie kaum Interesse. Die Männer hatten fast alle selber Fußball gespielt, bevor sie nahtlos zum Tennis gewechselt waren. Sie durchliefen im Fußball alle Stufen von den Knaben, über die

Jugendmannschaften, bis zu ihrem großen Ziel: Die erste Herrenmannschaft! Durch das in langer Spielpraxis als Fußballer erworbene Ballgefühl, hervorragendes Stellungsspiel und überragende Kondition war ihnen die Umstellung zum Tennis nicht schwer gefallen. Während sie die Erfüllung ihrer Träume im Sport in der Heimatstadt fanden, hatten die Tennisfreunde der anderen Gruppe nach der Schulzeit und einer beruflichen Ausbildung immer neue Herausforderungen und Ziele – beruflich und geografisch -- gesucht. Kein Wunder, dass sie im Tenniswettkampf den ballerprobten Fußballern die oberen Ränge in der Rangliste des Vereins oft, aber nicht immer überlassen mussten.

Ein plötzlicher Aufschrei von Niko, einem der drei Barfußläufer, schreckte alle auf. Es war eine Miesmuschel, an der er sich an der rechten Fußsohle einen kleinen Schnitt zugezogen hatte.

Niko, ein leptosomer Typ, galt als etwas wehleidig. Verabredungen zu einer Tennisstunde sagte er häufig ab, weil ihn eine Unpässlichkeit quälte. In früheren Zeiten hätte man ihn als einen Hagestolz bezeichnet. Er lebte allein in seiner Wohnung, hatte kein Mobiltelefon und auch keinen Anrufbeantworter. Nur ein Festtelefon aus uralter Zeit war für ihn die Verbindung zur Außenwelt. Als er einmal zu einer Tennisverabredung nicht erschienen war und auf das Klingeln seines Telefons nicht reagierte, hatten die Tennisfreunde die Wohnungstür aufbrechen lassen und rissen Niko damit aus einem Tiefschlaf. Auch wegen seiner Weltfremdheit war der geschäftliche Erfolg seiner Druckerei zurückgegangen und er trug sich schon länger mit dem Gedanken, das Geschäft ganz aufzugeben.

Heribert hatte als erfahrener Wattwanderer und perfekter Organisator für solche kleinen Unfälle vorgesorgt. Eine Seitentasche seines großen Rucksacks enthielt Erste-Hilfe-Utensilien. Niko wurde mit einem speziellen, wasserfesten Pflaster versorgt, und die Gruppe konnte weiterlaufen.

Stephan konnte es sich mit Blickrichtung auf Heribert nicht verkneifen, Kritik zu üben: „Du bist mir ein schöner Wattführer. Statt uns hier durch Muschelbänke zu führen, hättest du eine andere Route wählen können. Nämlich eine, die nicht ins Watt, sondern an Strände mit ein paar heißen Bienen führt."

Der besonnene Heribert entgegnete nichts.

Nur Jan nahm Heribert in Schutz: „Nun mach mal halblang. Von Muschelbänken kann doch gar keine Rede sein. Es war eine einzelne Muschel."

Durch Stephans Äußerungen erinnerte sich Jürgen an eine Szene auf der Tennisanlage. Er hatte als unfreiwilliger Zuhörer verfolgt, wie Stephan eine junge Tennisspielerin ohne jede Hemmung angebaggert hatte: Die attraktive Blondine erschien nach dem Duschen mit aufgesteckten Haaren und in einem Outfit, in dem ihre körperlichen Reize äußerst günstig zur Geltung kamen. Jürgen hatte einen Dialog verfolgt, an den er sich noch gut erinnerte.

79

Stephan fragte die junge Vereinskameradin: „Na, willst du dich heute noch verloben?"

„Wie kommst du darauf", hatte sie gefragt.

„Du siehst heute so gut aus. Ich meine, du siehst immer gut aus, aber heute ganz besonders."

„Du bist mir ja Einer. Da müsste ich erst mal den passenden Mann dafür haben."

„Ach, du bist Single? Dann darf ich dich vielleicht mal zum Essen einladen."

„Ich weiß nicht", hatte die junge Frau gesagt.

Jürgen konnte das Gespräch nicht weiter verfolgen, weil seine Doppelpartner auf dem Platz schon nach ihm riefen. Aber ihm wurde klar, dass die Aussage „Ich weiß nicht" eigentlich „Ja, gerne" bedeuten sollte. Jürgen sah nach seinem Match, wie die junge Blondine in den Mercedes von Stephan einstieg.

Eine Weile lief die Gruppe schweigend weiter. Sie umgingen auf Wunsch von Heribert weiträumig eine Sandbank an einem Priel, auf der sich einige Seehunde in der Sonne aalten.

„Kegelrobben", erläuterte Will, und erklärte den Unterschied zwischen Sattelrobben, Ringelrobben, Klappmützen und Kegelrobben. Er berichtete von einer Unterart, die als Süßwasserrobbe im sibirischen Baikalsee ohne Verbindung zum Meer lebt.

„Als Teil der Vorbereitung für die Wattwanderung habe ich mich in einem Buch über die Tierwelt der Nordsee sachkundig gemacht", schloss Will seinen kleinen Vortrag.

Die Situation entspannte sich wieder. Während einige Freunde interessiert zuhörten, hatte sich die Fußballergruppe wieder etwas abgesondert, und die Männer spekulierten darüber, ob der Hamburger Sportverein es noch schaffen würde, auch in diesem Jahr in der gerade zu Ende gehenden Saison den Abstieg zu verhindern.

Goldrippe blickte zu der Fußballergruppe hinüber: „Die lesen keine Bücher. Die Fußballtabellen am Montagmorgen sind ihre einzige Lektüre."

Die Sonne zeigte sich von ihrer besten Seite. Nur einige kleine, weiße Wolken segelten vorbei.

Heribert, der ein Fernglas aus seinem Rucksack genommen hatte, blickte auf die Weite des trocken gefallenen Watts. Nach einem kleinen Schwenk setzte er das Glas ab.

„Noch einige Minuten und wir haben unser Ziel erreicht."

Das war das Signal, dass alle noch einen Schritt zulegten. Und dann sahen sie es ohne Fernglas: „Blauort", die Sandbank mit einer kleinen Hütte auf dem höchsten Punkt.

Als sie näher kamen, war erkennbar, dass es mehr als eine einfache Sandbank war. „Blauort" wirkte wie eine Hallig in Miniaturausgabe. Seegras, Strandhafer und einige andere Pflanzen hatten sich um das einfach zusammengebaute Gebilde angesiedelt.

Die Männer warfen ihre Rucksäcke in den Sand. Goldrippe, von dem einige der Gruppenmitglieder schon mal gesagt hatten, dass er an der Grenze zum Alkoholiker stünde, holte einen mit Scotch gefüllten Flachmann aus dem Rucksack und gönnte sich einen ordentlichen Schluck.

Er reichte die Flasche an Niko weiter, der über seine Fußverletzung lamentierte: „Hier nimm, dann vergisst du deinen kranken Fuß. Als kontrollierter Alkoholiker weiß ich, dass die Schmerzen dann verschwinden."

Die anderen Freunde steckten inzwischen nach einander ihre Köpfe in die aus Treibgut gebaute Hütte. Sie sahen einen roh zusammen gebauten Tisch und einen Baumstamm als Sitzgelegenheit. In der Ecke stand ein einfacher Grill. In einer daneben stehenden Kiste lag eine Tüte mit Kohle und einiger Krempel.

Heribert schlug einen freundlichen Befehlston an: „Das Fleisch und die Würste auf den Tisch. Die Bierflaschen werden im Priel gekühlt."

Er nestelte ein grobmaschiges Netz aus seinem Rucksack und hielt es den Freunden geöffnet hin. Nachdem es gefüllt war, verankerte er es mit einer Latte aus der Hütte in dem nahe gelegenen Priel.

Als das Grillgut in der Hütte untergebracht, und die ersten Bierflaschen geöffnet waren, warteten alle gespannt darauf, was Horst aus seinem Gitarrenkasten herausholte.

Der dröge Gerichtsvollzieher hatte sich noch nie als Musiker zu erkennen gegeben. Auf der Wanderung durch das Watt hatte er Fragen nach dem Inhalt des Kastens, den er wie einen Reisekoffer mit sich schleppte, immer abgeblockt, was zu allerlei Spekulationen führte.

„Willst du Teile deiner Schwiegermutter im Watt entsorgen?" Oder „Hast du ein Faltboot mit, um dich bei Flut von uns absetzen zu können, damit du rechtzeitig zum Mittagessen zu Haus bist?" und ähnlich mehr oder weniger witzige Bemerkungen hatte er sich anhören müssen.

Jetzt schlug seine große Stunde. Der Kasten enthielt tatsächlich eine Gitarre. Horst stimmte sie kurz, stellte sich auf den höchsten Punkt der Düne neben der Hütte, blickte weit über das Watt, und schmetterte aus voller Kehle ein Lied von Fernweh, Seemannsbräuten und dem blauen Meer. Als der letzte Ton verklang, stellte er das Instrument an die Hütte und gab sich als Fan der Band Santiano zu erkennen.

„Ich liebe diese Gruppe und ihre Lieder, aber jetzt brauche ich erst mal ein Bier, um meine Stimme zu ölen", sagte er.

Heribert wechselte die Flaschen im Netz. Während die neue Ladung im Priel kühlte, wurde der gut temperierte Gerstensaft getrunken.

Nach dem ersten großen Schluck gab Heribert eine Verhaltensmaßregel bekannt: „Falls jemand seine Notdurft verrichten muss, kann er das im Priel erledigen. Aber in Strömungsrichtung nicht vor, sondern hinter dem Biernetz."

Alle lachten, bis auf Jürgen, da es auf der Düne keinen Keller gab, in den er gehen konnte.

Eine Stunde später konnten die ersten Würste und Fleischstücke verzehrt werden. Robert, der als Griller fungierte, galt als geschickter Alleskönner. Wie selbstverständlich hatte er sich um das Anheizen und Grillen gekümmert. Wegen Roberts besonnenem ruhigen Wesen hatte Stephan, der Schnelldenker und Mann mit der scharfen Zunge, einmal Kritik an Robert geäußert. In seiner unverbindlichen Art, die die Leute schnell vor den Kopf stieß, hatte er sich nach einem Tennismatch am Biertisch zu einer nicht so schönen Äußerung hinreißen lassen: „Robert ist zu nett. Der bietet ja keine Angriffsfläche. Das finde ich schade:"

Angriffsfläche genug bot ihm Tobias, der schnell auf der Palme war, wenn ihm irgendetwas nicht passte. Bei Punktspielen mussten die Mannschafts-kameraden oft schlichtend eingreifen, wenn er eine umstrittene Entscheidung nicht akzeptierte. Seine Konfliktkultur war dann gewöhnungsbedürftig. Es war seine mangelnde Impulskontrolle, die er bei den Wettkämpfen nicht im Griff hatte. Besonders schlimm wurde es, wenn er in einem Match auf einen Gegner traf, der ebenso wie er schnell auf der Palme war. Diese Konstellation hatte bei einem Auswärtsspiel in Harburg dazu geführt, dass sein Gegner ihm nach dem Match einen Reifen seines BMW zerstochen hatte.

Nach dem Verzehr der Essensvorräte war es Gold-rippe, der mit einer Plastiktüte herum ging und Pappteller, Alu-Folie, abgenagte Knochen, Kunststoffverpackungen und anderen Unrat einsammelte.

„Wir wollen doch nicht dafür sorgen, dass die vielen Quadratkilometer großen, auf allen Meeren treibenden Müllflächen vergrößert werden. Unsere Ozeane versinken in Plastikmüll. 70 Prozent der Erdoberfläche sind von Wasser bedeckt. Heute schwimmen in jedem Quadratkilometer der Meere zehntausende Teile Plastikmüll. Seevögel verenden qualvoll an Teilen davon. Meeresschildkröten halten Plastiktüten für Quallen, Fische und Wale verwechseln winzige Plastikteile mit Plankton. Im Nordatlantik treibt seit Jahrzehnten eine Müllfläche so groß wie Europa. Auch hier bei uns in der Nordsee sind Plastikabfälle eine Gefahr für Vögel, Fische und Meeressäuger."

Während Goldrippe, der Experte für Hausmülldeponien den Zivilisationsmüll in die Tüte stopfte, konnte er es nicht lassen, den Freunden die Welt wie sie heute ist, zu erklären: „Die Menschheit treibt auf eine Katastrophe zu. Erste Anzeichen sind schon erkennbar. Küstenstädte und ganze Länder werden von Fluten überrollt. Es gibt Missernten, Dürren und Millionen von Flüchtlingen, die von einem Land oder Kontinent zum anderen ziehen. Sie flüchten vor Überschwemmungen, Unwetter, Dürre, Hungersnot und nicht enden wollenden Kriegen. Denkt doch nur mal an den immer schneller ansteigenden Meeresspiegel, die Abschmelzung der Polkappen und die sich ausbreitenden Wüsten. Der Klimawandel ist längst da. Ihr werdet das wohl erst begreifen, wenn ihr aus dem Himmel oder der Hölle seht, wie der Golfstrom versiegt und eure Urenkel in ihren Betten erfrieren."

„Papperlapapp", meinte Amandus. „So schlimm wird es sicher nicht werden. Auf jeden Fall will ich mir vorher noch das Noldemuseum in Seebüll ansehen. Auf dieser Fahrt klappt das wohl nicht mehr. Da werde ich sicher noch einmal separat wiederkommen."

Es war Heribert, der es als erster hörte: Ein leises Gurgeln und Schmatzen. Der Tidenwechsel hatte eingesetzt. Mit der beginnenden Flut lief das Wasser wieder auf. Zuerst füllten sich die Priele. Langsam kroch das Wasser an die Sandbank heran.

Tobias sah Heribert an: „Und du bist sicher, dass wir die Flut abwarten können und bei Ebbe wieder zurück gehen können?"

Heribert blickte auf seine Uhr. „Ja, natürlich. Die Flut dauert etwa sechs Stunden. Am späten Nachmittag haben wir wieder Ebbe und dann geht es zurück. Wir haben ja noch etwas Biervorrat, Horst macht vielleicht wieder den Entertainer und ein paar Knabbersachen habe ich im Rucksack. Außerdem können die ganz Harten von uns auch eine Runde schwimmen. Sechzehn Grad Wassertemperatur gelten für Nordsee erprobte Küstenbewohner als warm."

„Gute Idee", meinte Harald, der seine Badehose schon anhatte.

Heribert bremste ihn: „Sandbänke und Priele sind unberechenbar. Ihr müsst immer an „Blauort" bleiben. Die Strömungen sind tückisch, und als Schwimmer kann man auch bei auflaufendem Wasser leicht abgetrieben werden. Auch ein guter Schwimmer kann von einem Priel, der in eine Fahrrinne fließt, hinausgetrieben werden. Ich habe erlebt, wie zwei Kinder einer Schulklasse aus Nordrhein-Westfalen, die im Priel badeten, durch eine Strömung abgetrieben wurden. Ich bin rein gesprungen habe sie beruhigt, und habe mich mit den Kindern etwas hinaustreiben lassen. Nicht lange, und wir wurden von seitlichen Strömungen wieder ans Ufer getrieben. Gegen die Strömung zu schwimmen schafft man nicht. Also – falls jemand abtreibt -- nicht gegen an kämpfen, sondern Ruhe bewahren und treiben lassen."

Tobias schaltete sich ein: „Keine Angst, ich habe mal den DLRG-Grundschein als Rettungsschwimmer gemacht."

„Das ist doch sicher Jahrzehnte her. Und die Prüfung fand doch bestimmt in einem Hallenbad statt, du Spaßvogel", gab Heribert zu bedenken.

Tobias, der ihm Recht geben musste, sagte nichts mehr.

Die Sonne schien unverändert, aber es begann aufzubriesen.

Harald, Rainer, Will und Goldrippe sprangen in das inzwischen knietiefe Wasser und alberten herum.

Stephan rief ihnen zu. „Ihr seid ja wie die Kinder!"

Goldrippe zitierte Konfuzius und rief zurück: „Groß ist der Mann, der sein Kinderherz nicht verliert."

Die Männer auf der Düne bemerkten, dass aus der leichten Brise langsam ein stärkerer Wind wurde. Heribert blickte zum Himmel, an dem einige zerrissene Wolken über den Vormittagshimmel jagten.

Er fuhr sich mit einer Hand durch sein schütteres Haar und legte die Stirn in Falten. „Irgendetwas gefällt mir nicht. Bei Tidenwechsel schlägt das Wetter oft um. Aber heute ist es irgendwie anders. Der Wind frischt auf und seht mal, wie schnell das Wasser steigt."

Als die schwappenden Wellen kabbeliger wurden, verließen die Badenden das Wasser.

Während sie sich abtrockneten, hatte sich der Himmel verfinstert. Der Wind hatte sich gedreht und kam jetzt aus Westnordwest und trieb immer mehr graue Wolkenfetzen vor die Sonne. Das Wasser stieg noch schneller. Die ersten Wellen leckten schon an der kleinen Insel.

Die Männer hatten sich um die Hütte herum auf der Düne gruppiert und beobachteten das Naturschauspiel.

Heribert hatte sein Mobiltelefon in der Hand. „Tote Hose", sagte er nur.

Bis auf Rainer und Niko besaßen alle ein Smartphone. Bei keinem der Männer kam eine Verbindung zustande.

„Verdammte Scheiße, wir sind hier jetzt ganz schön am Arsch", fluchte Harald.

Jetzt wurde auch der sonst so ruhige Heribert etwas hektisch: „So ein Mist", entfuhr es ihm, „ist doch klar, im Watt gibt es keinen Empfang. Ich hätte es wissen müssen."

Stephan blickte Heribert an und fragte: „So, du Schlaumeier. Und jetzt?"

Heribert warf sein Handy in den Rucksack und sagte nur: „Ich überleg mir was."

„Überlegen? Du hast keine Zeit zum Überlegen. Wenn das Wasser weiter so steigt, steht es uns in spätestens einer Stunde bis zum Hals!"

Inzwischen hatte die Einöde der Nordsee sich in eine tosende, graue Masse verwandelt.

Heribert versuchte etwas Optimismus zu verbreiten:: „Das Wasser ist sonst nie so hoch und so schnell gestiegen. Der Wetterdienst hat auch keine Sturmwarnung durch gegeben. Wir können nur warten und hoffen, dass der Pegelstand wieder zurückgeht. Es kann eigentlich nur eine Frage der Zeit sein."

Stephan konnte kaum noch an sich halten. Mit hochrotem Kopf schrie er Heribert an: „Eine Frage der Zeit? Ein schöner Wattführer bist du. Das hab ich schon mal gesagt. Du hast uns etwas von einer kleinen Insel erzählt. Das hier ist keine Insel sondern eine Sandbank."

Stephan holte tief Luft und schrie lauter mit sich überschlagender Stimme: „Und auf dieser Scheißsandbank werden wir ersaufen wie Ratten auf einem sinkenden Schiff."

Die anderen Männer versuchten den außer Kontrolle geratenen Stephan zu beruhigen. Es war vergebene Mühe.

Amandus fuhr ihn in scharfem Ton an: „Deine Schreierei hilft uns auch nicht weiter. Und Heribert auf so eine harsche Art herabzuwürdigen, ist auch nicht die feine Art"

Das brachte Stephan vollends in Rage: „Halt doch die Schnauze, du Geldsack. Lern erst mal richtig Tennisspielen. Wir schleppen dich doch nur mit durch, und du gefällst dir in der Rolle des reichen Gönners. Und außerdem nehme ich Ratschläge von einem Weichei wie du es bist nicht an."

Der Sturm war jetzt zum Orkan geworden. Er brachte die Streitenden zum Verstummen. Die Nordsee zeigte sich von ihrer brutalen Seite. Wolkentürme bauten sich auf. Die Sicht wurde schlechter. Durch eine plötzliche starke Windböe machte sich das Persenningdach der Hütte selbständig und flatterte über die Nordseewellen davon. Auch die Bauteile der Hütte begannen, sich in ihre Einzelteile aufzulösen und wurden von der tosenden See davon getragen. Kunststoffkästen, Holzbalken und auch einige Rucksäcke trieben davon.

Plötzlich ertönte ein Aufschrei von Horst: „Da, meine schöne Gitarre!"

Alle sahen wie der Kasten mit dem Instrument über ein paar Wellenkämme tanzte und hinter einem Brecher verschwand.

Horst hielt sich schluchzend beide Hände vor das Gesicht.

Jetzt wurde auch Heribert etwas ungehalten: „Sei nicht so wehleidig!", blaffte er den Tennisfreund an.

Jürgen, der seinen Rucksack umklammert hielt, zauberte daraus als Freund klarer Getränke eine Flasche Oldesloer Weizenkorn hervor.

„Nicht gekühlt, aber um die Stimmung zu verbessern, gerade richtig."

Er nahm einen Schluck und reichte Goldrippe die Flasche. „Hier, oder magst du nicht?"

Goldrippe, der ein Fan alter Filme mit Humphrey Bogart war, zitierte gern Dialoge aus seinem Lieblingsfilm „Casablanca". Jetzt allerdings nicht den so oft strapazierten Satz „Ich seh´ dir in die Augen Kleines", sondern mit einem anderen Satz den Bogart in der Rolle des Barbesitzers Rick spricht. Der Nazi-Major Strasser stellt ihm in einer Szene die Frage: „Welcher Nationalität sind Sie, Monsieur Rick?"

Goldrippe sah Jürgen an, blickte auf die Flasche und antwortete mit dem Text von Humphrey Bogart: „Ich bin Trinker, Major Strasser!"

Er griff sich die Flasche, nahm einen ordentlichen Schluck und reichte den Weizenkorn an Heribert, der auch kein Kostverächter war, weiter.

Nach der Runde war die Flasche leer.

„Vielleicht der letzte Schnaps unseres Lebens", ließ sich Rainer vernehmen.

Robert, mit der leeren Flasche in der Hand, hatte eine Idee: „Wir schreiben eine SOS-Meldung und ab geht die Flaschenpost.

Diese Idee zeigte, dass wenigstens Robert seinen Humor noch nicht verloren hatte, obwohl das Wasser immer noch stieg. Mit dem Orkan war auch die Temperatur gefallen. Es wurde immer kälter.

Harald, in dem es brodelte, blickte zu Heribert: „Was wollen wir machen?"

„Gar nichts, nur warten", lautete die Antwort.

Haralds Gesicht verzog sich zu einer Grimasse. „Warten auf den Tod? Nein, dass werde ich nicht. Ich schwimme ans Ufer", schrie er mit wutverzerrtem Gesicht.

„Nein", sagte Heribert noch verhältnismäßig ruhig. „Wir haben ablandigen Wind und sieh dir mal den Wellengang an. Das ist nicht zu schaffen."

Rainer, der gern Selbstgespräche führte, weil ihm da keiner widersprach, starrte vor sich hin und wiederholte mit weinerlicher Stimme mehrfach den gleichen Satz: „Was habe ich hier in dieser Hölle verloren?"

Heribert fiel auf, dass Rainer in letzter Zeit stark gealtert war. Bei den Matches auf dem Tennisplatz hatte er von diesem natürlichen Alterungsprozess nichts bemerkt. Rainer schlug die Bälle immer noch hart und präzise. Auch bei Sprints ans Netz war er immer noch einer der Schnellsten. Aber seine lockige, widerspenstige graue Mähne lag jetzt flach und leblos am knochigen Schädel. Auch seine sonst so ironische Stimme war zittrig geworden.

Die Kälte wurde schneidender. Einige der Männer, die jetzt bis zu den Knien im Wasser standen, klapperten mit den Zähnen.

„Wenn Harald das Weichei nicht schwimmt, werde ich es machen", meldete sich Stephan, der sich wieder etwas beruhigt hatte.

„Nein", sagte diesmal der besonnene Goldrippe. „Du hast doch von Heribert gehört, dass du kaum eine Chance hast. Als Segler solltest du die Lage eigentlich richtig einschätzen können."

Das brachte Stephan wieder in Rage: „Du lachhafter Schaumschläger, Entscheidungen über mein Leben treffe ich selbst."

Während erste schwere Brecher über die Sandbank rollten, wiederholte Heribert seine Warnung vor dem Versuch, schwimmend an das Ufer zu gelangen.

Damit erreichte er einen neuen Wutausbruch bei Stephan, der jetzt die Kontrolle über sich verlor: „Du kleiner Veterinär kannst mich mal. Schwäche zu zeigen ist etwas für Verlierer."

Damit machte er ein paar Schritte vom kniehohen Wasser auf der Düne in tiefer gelegenes Watt mit höherem Wasserstand und den Wellenkämmen mit der Gischtkrone.

Während Will und Jürgen ihm folgten und ihn an den Armen festhielten, schrie der bisher stumm gewesene Niko: „Lasst doch dieses arrogante, selbstgefällige, überhebliche Arschloch ruhig zum Ufer schwimmen."

Die Situation eskalierte. Während Rainer still vor sich hin weinte, gelang es Will und Jürgen nicht, Stephan von seinem Vorhaben abzubringen. Bis andere Freunde den jetzt bis zum Bauch im Wasser Stehenden zur Hilfe gekommen waren, hatte der kräftige Stephan die beiden abgeschüttelt.

Auch Tobias, der bisher still und zurückhaltend war, brach es plötzlich mit lauter Stimme heraus: „Lasst ihn doch zur Hölle fahren. Wenn ihr meint, dass ich es nicht gemerkt habe, da irrt ihr euch. Ich weiß längst, dass dieser Kerl an meiner Frau rumbaggert." Damit versank er wieder in Schweigen.

Während Will und Jürgen sich aus der tobenden See wieder die Düne hochrappelten, sahen die oben Stehenden, wie Stephan sich zügig durch die Wellen kämpfte und davon schwamm. Sie sahen, wie er immer kleiner wurde, bis er hinter ein paar besonders schweren Brechern völlig aus ihrem Blickfeld verschwand.

„Der fühlt anders als wir alle, oder er fühlt überhaupt nichts", war alles, was einer der ihm Nachblickenden kommentierte.

* * *

Obwohl die Männer jetzt erkannten, dass es in ihrer Lage ums nackte Überleben ging, machten sie sich ihre Gedanken über Stephan.

ʹWie viel Arroganz, wie viel falsches, aufge-
blasenes Selbstbewusstsein dieser Mann hatʹ, dachte
einer. „Wer sich in Gefahr begibt, kommt darin um,
und das gilt für uns alle", ging es einem anderen
durch den Kopf. Ein dritter fragte sich, ob Stephan
auch schon mit seiner neuen Sprechstundenhilfe
geschlafen hatte.

Amandus ärgerte sich, dass er das Noldemuseum
nicht vor der Wattwanderung aufgesucht hatte. „Jetzt
werde ich es vielleicht nie mehr besuchen können",
dachte er.

Goldrippe ging ein Zitat aus der Schulzeit durch
den Kopf. Ein Deutschlehrer hatte ihnen Schillers
„Bürgschaft" immer wieder eingebläut, bis es auch
der letzte Schüler der Klasse auswendig konnte:
„Zurück! Du rettest den Freund nicht mehr. So rette
das eigene Leben! Den Tod erleidet er eben. Von
Stunde zu Stunde gewartetʹ er, mit hoffender Seele
der Wiederkehr."

Heribert dachte nur, dass es sich in dieser extrem
schwierigen Situation zeigte, wie einige Männer abseits des Tennisplatzes und geselliger Runden wirklich waren. Hier zeigten sie ihr wahres Gesicht. Und er
machte sich Vorwürfe, dass es ihnen nicht gelungen
war, Stephan zurück zu halten.

Aber alle waren ganz schnell wieder in der Realität.
Das Wasser war weiter gestiegen und stand ihnen auf
dem höchsten Punkt der Düne bist in Brusthöhe. Sie
klammerten sich aneinander, um so ein Bollwerk
gegen die Wellen zu bilden, die einen einzelnen Mann

sicher leicht umgeworfen und in die tosende See gespült hätte. Bis auf Harald, der seine Angst mit unflätigen Flüchen kompensierte, waren sie schweigsam und hofften, dass der Wasserstand durch die längst eingesetzte Ebbe sinken würde.

Als dem kleinwüchsigen Niko das Wasser bis zum Hals stand, wurde er von Heribert und Jürgen in die Mitte genommen und angehoben.

Gleichzeitig merkten die Männer, dass die See ruhiger wurde. Der Wasserstand stieg nicht mehr, aber er sank auch nicht.

Als auch die Sicht klarer wurde, erkannten sie es: Ein Schiff näherte sich der Sandbank! Es kam von Süd und sie sahen, dass es der Seenotkreuzer „Hans Hackmack" der Deutschen Gesellschaft zur Rettung Schiffbrüchiger war.

Einige brachen in Jubelstürme aus. Aber nur so lange, bis sie merkten, dass die „Hans Hackmack" die Maschinen gestoppt hatte und nur noch vor sich hin dümpelte.

„Warum kommen die denn nicht heran", schrie Harald.

Heribert konnte ihm die Antwort geben: „Das Wasser ist hier zu flach. Das Schiff hat Tiefgang und würde auflaufen."

„Ja und", kam es von Jürgen. "Sollen wir bei dem Wellengang rüber schwimmen? Bei der aufgewühlten See werden wir doch abgetrieben."

Heribert behielt die Ruhe: „Denen wird schon etwas einfallen."

Inzwischen hatte die niedrige Wassertemperatur bewirkt, dass die Männer am ganzen Körper zitterten und fast alle auch mit den Zähnen klapperten.

Bibbernd beobachteten die Männer, wie die „Hans Hackmack" wieder etwas Fahrt machte, um nicht auf Sandbänke getrieben zu werden.

Die Freude wegen der Ankunft des Seenotkreuzers schlug bei einigen der Männer in ohnmächtige Wut um.

Harald fluchte laut vor sich hin. Will wiederholte gebetsmühlenartig: „Wäre ich doch nur mit Stephan geschwommen."

Niko sprach leise ein Gebet, nachdem er gesagt hatte, dass jetzt nur noch der liebe Gott helfen könne. Tobias bekam einen Weinkrampf.

Während sie weiter Richtung Süd das Manöver der „Hans Hackmack" beobachteten, war hinter ihnen aus Nordwest ein immer stärker werdendes Geräusch zu hören.

Die Männer drehten ihre Köpfe und sahen, dass die Rotormotoren eines Hubschraubers den Lärm verursachten.

Heribert, der seinen Wehrdienst auf dem Marinestützpunkt in Westerland auf Sylt abgeleistet hatte, erkannte den Hubschrauber sofort: „Es ist eine Westland Sea-King, der Standardhubschrauber der deutschen Marine", sagte er, während der Heli direkt über ihnen im Schwebeflug verharrte.

Die Situation war klar. „Wir werden gewincht", rief Heribert. „Ganz ruhig bleiben. Einer nach dem anderen. Zuerst Niko. Mir schmerzen die Arme vom Hochhalten, und Jürgen wird auch froh sein, wenn er seinen Arm wieder bewegen kann. Dann Jürgen und anschließend sage ich die Reihenfolge an."

Als Heribert sah, dass Harald und Tobias sich schon aus dem Pulk der Zusammenstehenden lösen wollten, wiederholte er in scharfem Ton: „Ich sage die Reihenfolge an! Vorerst alle zusammenbleiben und festhalten. Wir wollen doch nicht, dass im letzten Moment noch jemand davon gespült wird."

Für das Crewmitglied war es sicher nicht der erste Rettungseinsatz. Der Mann machte nicht viel Aufhebens davon, dass er bis zur Brust im Wasser stehend, Niko die Ausrüstung anlegen musste. Nach einem kurzen Check gab er der Crew das Signal durch Handzeichen zum Aufwinchen.

Während Niko am Windenseil langsam hoch schwebte, stellte der Retter sich militärisch knapp vor: „Ben Höhne mein Name. Wer ist der Nächste?"

Heribert deutete auf Jürgen: „Er als Nächster. Ich sage die Reihenfolge an."

Mit einer Bemerkung zur Reihenfolge zeigte Heribert, dass er seinen Humor in der dramatischen Lage nicht verloren hatte: „Ich als Schlusslicht. Der Kapitän verlässt als Letzter das sinkende Schiff."

Routiniert wickelte Ben Höhne die Aufwinch-Aktion aller elf Tennisfreunde ab. Als Heribert von der hydraulisch betätigten Rettungswinde hoch gezogen und auch Ben Höhne wieder in der Sea-King angekommen war, hörten sie vom Piloten ein kurzes „Willkommen an Bord." Die beiden Rolls Royce Turbinen liefen schon auf Hochtouren, und der Hubschrauber startete mit über 200 km/h in Richtung Heide in Holstein.

Nach einem kurzen Gesundheitscheck durch Ben Höhne wurden die Männer in wärmende Decken gehüllt. Nachdem jeder einen Becher Tee bekommen hatte, wurden sie von Höhne darüber informiert, dass sie wegen der Unterkühlung im Krankenhaus unter eine Wärmeglocke müssten.

Während des Fluges erzählte er ihnen, dass die Besatzung der Sea-King aus zwei Piloten, einen Bordmechaniker, der bei der Rettungsaktion die hydraulische Rettungswinde bedient hatte, und ihm, dem Rettungssanitäter bestünde.

„Die Marine übernimmt für die deutschen Hoheitsgewässer den Such- und Rettungsdienst für Luft- und Seenotfälle", fügte er hinzu.

Heribert interessierte etwas anderes: „Wer hat euch von unserer Notlage informiert?"

„Wir haben die Information von der „Hans Hackmack" bekommen. Die Gesellschaft zur Rettung Schiffbrüchiger war von einem Verwandten von euch alarmiert worden. Er hatte von dem Ausflug gewusst. Am Pegelstand des Deiches hatte er erkannt, dass bei diesem ungewöhnlich starken Orkan „Blauort" unter Wasser stehen müsse."

Heribert nickte. „Ich habe es geahnt. Es war mein Schwager Friedhelm. Der hat sich eine Flasche Rotwein verdient. Ach was, einen ganzen Karton. Mindestens!"

Durch die Konzentration auf die Rettungsaktion hatten die Männer kaum einen Gedanken an das Schicksal von Stephan verschwendet. Erst jetzt, nachdem sie gerettet waren, gingen ihre Gedanken wieder zu dem Mann, der in Unfrieden ihre Gemeinschaft verließ und zum Ufer schwimmen wollte.

Heribert fragte Ben Höhne nach ihrem zwölften Mann: „Er wollte zum Ufer schwimmen, um Hilfe zu holen."

Ben Höhne schüttelte den Kopf: „Nein, davon haben wir nichts gehört. Und von unserem Bock – ich meine unserem Heli -- auch nichts gesehen. So hart das jetzt klingt, aber in der tobenden See mit den diesen Wellen hat ein Mensch kaum eine Chance. Da müsste er schon übergroßes Glück haben. Ich werde die Männer auf der „Hans Hackmack" anfunken. Die werden eine Suchaktion einleiten."

Bis zur Ankunft im Krankenhaus wurde kaum noch gesprochen. Fast alle hingen ihren Gedanken nach. Nur Harald äußerte sich flüsternd, dass es nur die neben ihm Sitzenden verstehen konnten: „Ich glaube auch nicht, dass dieser aufgeblasene Wicht es geschafft hat."

Im Krankenhaus in Heide wurden die Männer unter der Wärmeglocke erst einmal wieder „auf

Betriebstemperatur gebracht", wie Heribert es ausdrückte.

Nachdem eine Klinikmitarbeiterin die abgelegten Kleidungsstücke der Geretteten an sich nahm und ausschüttelte, blieb ein halber Kubikmeter Nordseesand, durchsetzt mit Muscheln, Seetang und Algen liegen.

Im wohligen Klima der Wärmeglocke erholten die Männer sich schnell. Während sie von den Wärmelampen angestrahlt wurden, meldete sich der Hunger. Sie überboten sich mit Vorschlägen für ein gemeinsames Essen.

„Ich könnte einen ganzen gebratenen Flussbarsch mit einem Glas Chardonnay dazu vertilgen", meinte Amandus.

Fisch war auch etwas für Tobias: „Mir wäre eine gebeizte Lachsforelle mit einem guten Riesling dazu gerade recht."

„Mir käme ein Seeteufel mit frittierten Garnelen und dazu ein Glas Sauvignon blanc sehr gelegen", sagte ein anderer aus der Gruppe.

Auch Goldrippe meldete sich: „Ich werde mir einen Gourmet-Teller bestellen. Und dazu ein großes Pils."

„Einen Gourmet-Teller?", fragten einige Freunde wie aus einem Mund.

„Ja, eine scharfe Currywurst mit einer großen Portion Pommes. Und hinterher zum Bier noch eine dicke Havanna. Mein Zigarrenvorrat schwimmt jetzt irgendwo in der Nordsee."

SECHS

Die gärtnernde Frau, die von dem Kripobeamten Hannes Wegner nach Doktor Stephan Müller-Luttenburg gefragt wurde, nahm eine abwehrende Haltung an. Sie war passend für die Gartenarbeit derb mit einem verschlissenen Pullover, Cordhose und Gummistiefeln bekleidet.

Sie zog die groben Arbeitshandschuhe aus und fragte in einem scharfen Ton: „Wen möchten Sie sprechen? Können Sie das noch einmal wiederholen?"

„Gerne", sagte Hannes Wagner. „Wir möchten den Herrn Doktor Müller-Luttenburg sprechen."

Die Frau schien verunsichert zu sein. Sie musste erst ihre strähnigen, grauen Haare aus ihrem verhärmt aussehenden Gesicht streichen, ehe sie antworten konnte: „Mein Mann ist seit acht Monaten und elf Tagen tot."

Elena Müller-Luttenburg sprach den Satz nicht, sondern sie spuckte ihn förmlich aus.

„Mein Beileid", kondolierte Hannes Wegner und ließ sich nicht anmerken wie konsterniert er war.

Auch Andrea Liersen zeigte nicht ihre Verwunderung über das, was die Frau gesagt hatte.

„Aber er ist doch auf der Liste des Tennisvereins aufgeführt", warf die Kommissarin ein.

Frau Müller-Luttenburg blieb bei ihrem schroffen Ton: „Da haben es die Trottel im Verein versäumt, ihn von der Liste zu streichen. Seinen Mitgliedsbeitrag haben sie auch noch ein paar Monate nach meiner Kündigung abgebucht."

Der Kommissar schaltete sich noch einmal ein: „Können wir das Gespräch vielleicht bei Ihnen im Haus fortsetzen?"

„Wenn es sein muss. Kommen Sie herein."

Sie nahmen im vornehm eingerichteten Salon der Villa an einer großen Tafel Platz. Der Raum wurde von Antiquitäten auf den Regalen und großformatigen Bildern an den Wänden beherrscht. Auf einer Seite hing ein Ölgemälde. Es zeigte einen Viermastsegler in tosender See. Darunter befand sich ein von Marmor umkleideter Kamin. Nicht passend zu dem teuren Interieur des Salons stand auf dem Sims über der Feuerstelle eine Sammlung von Nippes, Kitschfiguren von Urlaubsaufenthalten und noch anderer Krempel.

Die Frau wirkte nicht mehr so forsch wie vor der Gartenpforte. Sie machte jetzt einen eher ängstlichen Eindruck. Verlegen ordnete sie einen Strauß Rosen, der in einer Vase mit asiatischen Schriftzeichen auf dem Tisch stand.

Andrea Liersen erkannte, dass die Rosen aus dem Beet stammten, in dem die Frau gearbeitet hatte.

Sie versuchte, dass Gespräch feinfühlig zu führen: „Frau Müller-Luttenburg, Sie haben sicher von den Mordfällen hier in Marienthal gehört oder gelesen. Wir haben Erkenntnisse, die darauf hindeuten, dass der Täter ein Mensch mit medizinischen Kenntnissen sein muss. Die Opfer waren Angehörige des Tennisvereins, in dem auch Ihr Mann Mitglied war. Sie werden verstehen, dass wir die Leute aus dem Umfeld der Getöteten befragen müssen, besonders die mit medizinischen Kenntnissen."

Die Stimme der Kommissarin wurde etwas härter: „Frau Müller-Luttenburg, bisher galt Ihr Mann als vermisst. Er könnte wieder bei Ihnen sein oder sich inzwischen bei Ihnen gemeldet haben. Hat Ihr Mann sich bei Ihnen gemeldet? Oder haben Sie ein Lebenszeichen von ihm bekommen?"

Die Frau knetete die Arbeitshandschuhe in ihren Händen ehe sie antwortete: „Er ist wahrscheinlich ertrunken. Vor Monaten schon."

Hannes Wegner schaltete sich ein: „Was heißt wahrscheinlich?"

Frau Müller-Luttenburg hatte Schwierigkeiten, eine klare Antwort zu formulieren: „Na ja, ertrunken in der Nordsee, bei der Wattwanderung mit seinen Tennisfreunden."

„Wahrscheinlich heißt, dass seine Leiche nicht gefunden wurde. Das wissen wir."

„Ja, ich habe versucht, ihn für tot erklären zu lassen. Aber das geht noch nicht. Ich kann den Antrag erst in zehn Jahren stellen."

Die Frau verfiel in Schweigen, wirkte wie geistesabwesend und reagierte nicht auf die nächste Frage von Hannes Wegner.

Der wiederholte seine Frage: „Seine Leiche wurde aber nicht gefunden. Es besteht also die Möglichkeit, dass Ihr Mann noch lebt?"

Elena Müller-Luttenburg hatte gleich zu Beginn des Gesprächs ihre Rosenschere auf die Mahagoniplatte des Tisches gelegt. Jetzt nahm sie das Gartenwerkzeug hoch, betrachtete es, als ob es ein neu geborenes Kind sei und sagte erst „nein" und gleich darauf „ja".

„Und was war mit der Wanderung? Was ist dort passiert?", fragte der Kommissar.

Die Frau legte die Rosenschere zurück auf den Tisch und antwortete mit plötzlich völlig veränderter, leblos anmutender Stimme: „Etwas Schlimmes ist da passiert, mein Mann ist getötet worden."

Kommissar Wegner fasste nach: „Sie waren nicht dabei. Woher wissen Sie, was dort passiert ist?"

Frau Müller-Luttenburg schaukelte mit ihrem Oberkörper hin und her, so wie Zootiere es machen, wenn sie in zu engen Käfigen gehalten werden. Sie antwortete nicht.

Die Kommissare sahen sich kurz an.

Andrea Liersen bedankte sich bei der Frau: „Wir werden sicher noch einmal wiederkommen Frau

Müller-Luttenburg. Vielen Dank, wir finden den Weg hinaus."

Bevor sie die Haustür hinter sich zuschlugen, sahen sie noch, dass Elena Müller-Luttenburg tief zusammen gesunken in ihrem Stuhl saß und auf ihre Rosenschere starrte, die sie in beiden Händen hielt.

Im Wagen sagte Hannes Wegner zu der am Steuer sitzenden Andrea Liersen: „Schluss für heute. Morgen werden wir weitere Befragungen durchführen. Etwas stimmt mit dieser Frau nicht. Erst wirkt sie abweisend, dann total verhuscht und schließlich völlig verwirrt. Außerdem scheint sie einen Rosentick zu haben."

Andrea Liersen nickte. „Ja, sie scheint an einer psychischen Störung zu leiden. Wenn es eine Psychose ist, könnte sie durch den Tod ihres Ehemannes hervorgerufen worden sein. Mindestens ist es eine schwere Persönlichkeitsstörung. Da kann der Patient oft nicht zwischen Realität und Unwirklichkeit unterscheiden."

* * *

Als Andrea Liersen am Morgen das Büro betrat, saß Hannes Wegner schon an seinem Schrebtisch.

„Na", fragte er seine Kollegin, „hast du schon die Versetzung in die Hundestaffel beantragt?"

Die Kommissarin hatte damit gerechnet, dass Wegner auf eine Verabredung von ihr mit Fabian Kuhnke anspielen würde.

„Ist ja klar, dass du mit deinem kriminalistischen Spürsinn bemerkt hast, dass sich aus der kurzen kollegialen Zusammenarbeit eine Verabredung ergeben hat. Ja, ich habe mich mit Fabian getroffen. Und es war ein netter Abend. Können wir jetzt zur Tagesordnung übergehen?"

„Schön, und ich habe mir Gedanken über die Lösung unserer Fälle gemacht. Die Müller-Luttenburg hat ihre Verwirrung nur gespielt. Vielleicht lebt ihr Mann noch und ist in des Wortes wahrster Bedeutung abgetaucht. Er hat Jahrzehnte lang gut verdient und hat jetzt einen Wohnsitz auf – sagen wir mal – den Bahamas. Er kommt unter falschem Namen nach Hamburg, um die Morde aus uns noch nicht bekannten Gründen zu begehen. Wenn Gras darüber gewachsen ist, folgt seine Frau ihm ins Ausland."

„Eine gewagte, wilde Spekulation", meinte Andrea Liersen. „Wir wollen uns an Fakten halten und die restlichen Tennisleute nach den Vorgängen bei der Wattwanderung befragen. Dann sehen wir weiter."

„Gut, fangen wir doch erst mal telefonisch damit an."

Hannes Wegner hatte die Liste des Tennisvereins schon auf dem Schreibtisch. Er drückte an seinem Telefon die Taste „Laut". Andrea Liersen konnte mithören.

Nach der Wahl einer Nummer dauerte es nicht lange und Amandus Krebermeyer meldete sich.

Er war sofort kooperativ: „Ja, natürlich erinnere ich mich. Sie hatten ja auch Ihre Karte hier gelassen. Aber mir ist nichts mehr eingefallen, Herr Kommissar."

„Mir geht es heute um die Wattwanderung der Tennissenioren. Sie waren doch auch dabei?"

„Ja, Herr Kommissar, vor ein paar Monaten war das."

„Was ist an diesem Tag mit Ihrem Tennisfreund Müller-Luttenburg passiert?"

„Ein schreckliches Unglück. Er ist ertrunken."

„Warum haben Sie uns, als wir bei Ihnen waren, nichts von dieser Wanderung mit diesem – wie sie sagen – Unglück erzählt? Auch Ihre Tennisfreunde haben diese Tour ins Watt nicht erwähnt."

Die beiden Kommissare spürten, wie es dem Mann schwer fiel, eine Antwort auf diese Frage zu geben.

Nachdem Amandus Krebermeyer etwas herumgedruckst hatte, rang er sich zu einer Erwiderung durch: „Es war so Herr Kommissar, dass wir uns alle mitschuldig am Tod des Tennisfreundes fühlten. Die Polizei in Büsum hat uns befragt. Die damals eingeleitete Rettungsaktion hatte doch nichts gebracht. Als auch später keine Leiche aufgetaucht ist, sahen die Beamten keine Veranlassung, mehr zu unternehmen. Wir haben dann vereinbart, nicht mehr als nötig über die Vorgänge auf der Sandbank zu erzählen."

Kriminalkommissar Hannes Wegner legte etwas mehr Schärfe in seine Stimme: „Ich möchte es aber genau wissen. Da gibt es zwei Möglichkeiten. Entweder Sie erzählen mir jetzt den genauen Ablauf des

Unglücks im Watt, oder ich werde alle Männer der Tennisgruppe zur Aussage ins Präsidium vorladen."

Amandus Krebermeyer wurde gesprächiger: „Es war so: Wir waren auf einer kleinen Insel, mehr einer Sandbank, vom Hochwasser eingeschlossen. Es hatte eine nicht angekündigte Sturmflut gegeben. Es gab im Watt keinen Handyempfang, um Rettung herbei zu rufen. Der Stephan ist dann in Richtung Ufer geschwommen, um Hilfe zu holen. Wir alle haben versucht, ihn von diesem Vorhaben abzubringen. Aber er hat sich mit Gewalt nicht davon abhalten lassen. Er ist dann wohl ertrunken, während wir anderen von einem Rettungshubschrauber in Sicherheit gebracht wurden."

„Was heißt `wohl ertrunken`, Herr Krebermeyer?"

„Wir wissen es doch nicht. Seine Leiche wurde nie gefunden."

„Haben Sie sich keine Gedanken über einen Zusammenhang zwischen dem vermutlichen Unglück im Watt und den Todesfällen ihrer Tennisfreunde gemacht?"

Amandus Krebermeyer räusperte sich laut, ehe er antwortete: „Ja, doch. Wir haben im Club auch darüber gesprochen und uns Vorwürfe gemacht, dass wir den Stephan nicht zurück halten konnten."

„Herr Krebermeyer, mir ist nicht ganz klar, weshalb Ihre Gruppe sich bei Sturm und damit verbundenem Hochwasser auf diese Wanderung begeben hat."

„Ich sagte doch, dass die Sturmflut nicht ange-kündigt worden war. Das Wetter war gut, als wir losgegangen sind. Weil es keine Orkanwarnung des Wetterdienstes gab, sind uns auch keine Kosten für die Rettungsaktion entstanden. Wir befürchteten schon, dass wir dafür zur Kasse gebeten würden. Und ich muss noch einmal betonen, dass wir uns nichts vorzuwerfen haben. Der Stephan wollte doch mit aller Gewalt unbedingt ans Ufer schwimmen. Aber es kommen schnell Gerüchte auf. Deshalb haben wir geschwiegen."

„Danke Herr Krebermeyer für Ihre Auskünfte. Noch eine letzte Frage: Kennen Sie Frau Müller-Luttenburg?"

„Ja, warum?"

„Es ist nur eine ermittlungstechnische Frage!"

„Ach so. Ja, natürlich. Bei Saisonabschlussfesten oder Meisterschaftsfeiern waren Eheleute und Partner auch eingeladen. Früher war Elena oft dabei. In den letzten Jahren allerdings nicht mehr."

Amandus Krebermeyer räusperte sich noch einmal kräftig und erzählte weiter: „Herr Kommissar, ich will ja nichts Schlechtes über die Frau eines Tennis-freundes, ich meine eines ehemaligen Tennisfreundes sagen, aber nur soviel: Es gab da Probleme zwischen den Beiden. Er ließ nichts anbrennen, wenn Sie ver-stehen, was ich meine. Es war allen bekannt, dass er seine Sprechstundenhilfen häufig wechselte. Seine Frau, der das nicht verborgen blieb, wurde darüber schwermütig. Sie soll auch in psychiatrischer Behandlung gewesen sein. Mehr kann ich Ihnen wirklich nicht sagen. Eigentlich war das schon zuviel. Ich hoffe . . .“

Kommissar Hannes Wegner unterbrach seinen auskunftsfreudigen Gesprächspartner: „Herr Krebermeyer, Sie können ganz beruhigt sein. Wir behandeln alles, was Sie uns gesagt haben, vertraulich. Vielen Dank noch mal.“

Hannes Wegner legte auf und sah seine Kollegin an. „Gespräche mit weiteren Tennisleuten können wir uns schenken. Da würden wir auch nicht mehr erfahren. Etwas komisch ist die Tatsache, dass ein Mann verschwindet und die anderen gerettet werden schon. Leichen von Menschen, die in Ufernähe der Gewässer umkommen, werden in den meisten Fällen irgendwo an der Küste angetrieben. Auf jeden Fall scheint mir der Schlüssel zur Lösung unserer Fälle bei der Frau Müller-Luttenburg zu liegen. Wir dürfen sie nicht noch einmal mit Samthandschuhen anfassen. Keine zurückhaltende Befragung, wir werden sie in einem Kreuzverhör vernehmen.“

Andrea Liersen bremste ihren impulsiven Kollegen: „Nun mal sachte. Wenn wir davon ausgehen, dass die Frau wirklich krank ist, werde ich die Befragung durchführen.“

Das Festtelefon von Hannes Wegner klingelte. Amandus Krebermeyer war am anderen Ende der Leitung.

„Herr Kommissar, Sie haben so schnell aufgelegt. Ich wollte Ihnen noch etwas mitteilen. Ich weiß, dass

Sie nicht zuständig sind, aber vielleicht können Sie mir sagen, wie ich mich verhalten soll. Ich habe wieder einen Erpresserbrief erhalten. Den Kommissar vom zuständigen Dezernat habe ich eben nicht erreichen können. Der Erpresser will Geld. Die Übergabe soll morgen erfolgen."

Im Gegensatz zu den etwas zäh beantworteten Fragen in dem davor geführten Telefongespräch hatte Amandus Krebermeyer sein Anliegen jetzt aufgeregt hervorgesprudelt.

Der Kommissar fragte knapp und präzise: „Wo und wann soll die Übergabe erfolgen. Was wird wofür gefordert. Und wie heißt der zuständige Kollege?"

Die Antworten kamen diesmal sehr zügig von Krebermeyer.

„Mit Kommissar Klepper hatte ich es bisher zu tun. Die Übergabe des Geldes, also die Summe von 20.000 Euro soll morgen in aller Frühe um sechs Uhr auf dem alten Friedhof am Schimmelmann-Mausoläum an der Christuskirche erfolgen. Der Erpresser will mir sozusagen als Gegenleistung weitere Fotos und den Kamerachip übergeben."

„Was für Fotos, intime Fotos?" fragte Hannes Wegner.

Jetzt druckste Amandus Krebermeyer doch wieder etwas herum, ehe er antwortete: „Nein, nein, keine intimen Fotos. Ich kann mir das gar nicht erklären. Es geht um einige meiner Kunstwerke, also Bilder aus meinem verschlossenen Raum. Und noch etwas: Die

Polizei soll auf keinen Fall eingeschaltet werden. Aber ich ..."

Hannes Wegner unterbrach den jetzt aufgeregt wirkenden Mann: „Gut, dass Sie sich gemeldet haben. Bleiben Sie im Haus. Sie werden gleich von dem zuständigen Kollegen angerufen. Der bespricht mit Ihnen die weitere Vorgehensweise."

SIEBEN

Kriminalhauptkommissar Hannes Wegner kam vom Chef zurück, war verärgert, und klagte der ihm gegenüber sitzenden Kollegin Andrea Liersen sein Leid: „Wir sollen morgen früh dem Kollegen Klepper vom Raubkunst-Dezernat unterstützend zur Seite stehen, wie er sich ausgedrückt hat. Unterstützend tätig sein! Was ist das denn für ein Scheiß? Wir haben die Aufgabe grauenhafte Morde aufzuklären, und der Chef verlangt von uns, dass wir dem schwachköpfigen Klepper als Handlanger zur Verfügung stehen. Wie sollen wir denn seiner Forderung nach schneller Aufklärung der Mordfälle nachkommen? Der spinnt doch, der alte Sack! Wahrscheinlich hat er Angst, dass der Klepper es verbockt. Und wir sollen für ihn die Kastanien aus dem Feuer holen."

Hannes Wegner machte eine Pause, um einen Schluck Kaffee zu trinken, der während seiner Abwesenheit kalt geworden war.

Unvermindert wütend fuhr er fort: „Ich habe mit dem Klepper zusammen den Kommissarlehrgang gemacht. Der Mann war die Lachnummer des ganzen Jahrgangs."

Andrea Liersen beschwichtigte ihren Kollegen: „Nun mal langsam. Beruhige dich. Vielleicht gibt es einen Zusammenhang mit unseren Fällen. Immerhin heißt der Erpresste Amandus Krebermeyer."

Der Mann war groß. Sehr groß. Um die Körperlänge noch zu unterstreichen, war er sehr schlank. Dürr wäre vielleicht der passendere Ausdruck.

Er betrat das Büro der Kommissare, machte ein paar Schritte an den Schreibtisch von Andrea Liersen, verbeugte sich leicht vor der jungen Kommissarin und stellte sich vor: „Klepper mein Name, Otmar Klepper. Wir hatten ja noch nicht das Vergnügen, ha, ha, ha."

Mit einem Lachen, das Andrea Liersen an das Meckern einer Bergziege erinnerte, schloss er seine Begrüßung ab. Sie konnte sich auf Anhieb kein Vergnügen mit dem Mann vorstellen. Die ganze Erscheinung des Raubkunst-Kommissars ließ sie an den bayrischen Komiker Karl Valentin mit seinem spindeldürren Körper denken.

Otmar Klepper zog den einzigen Besucherstuhl des Zimmers an den Schreibtisch von Hannes Wegner, setzte sich und blickte den Kommissar an: „Na, altes Haus, da dürfen wir morgen früh mal gemeinsam eine Nuss knacken."

„Ich konnte es nicht verhindern", meinte Hannes Wegner.

„Na, na, nun mal nicht so kiebig. Wir werden das Kind schon schaukeln. Die Briefe des Erpressers an euren Klienten Krebermeyer deuten darauf hin, dass wir es mit einem Amateur zu tun haben. Wenn der Erpresser seinen Termin einhält und um sechs Uhr zur Geldübergabe erscheint, ist die ganze Angelegenheit für euch um sieben Uhr gegessen. Den Rest mache ich mit meinen Leuten. Ihr könnt euch dann wieder um den Wandsbeker-Gehölz-Mörder kümmern. Vielleicht ist der Erpresser einer eurer Tenniskunden. Genau deshalb hat der Chef die Mitarbeit angeordnet."

Otmar Klepper nahm ein rot kariertes Taschentuch aus seiner Hosentasche und schnäuzte so geräuschvoll hinein, dass Andrea Liersen sich die Ohren zuhalten musste.

Nachdem er das Tuch sorgfältig mehrfach gefaltet und wieder in seine Hosentasche gesteckt hatte, kam er zur Sache: „Dem letzten Erpresserbrief lagen drei Fotos bei, die eindeutig im Zimmer bei Krebermeyer gemacht worden sind. Kopien dieser Kunstwerke irgendwo auf den gleichen Tapeten hängend, sind es sicher nicht. Der Erpresser muss folglich ein Mensch sein, der mindestens einmal als Gast im Hause Krebermeyer war. Ein Tennisfreund von ihm wäre als Täter also durchaus denkbar. Der Mann hat angegeben, dass er noch weitere Fotos besitzt. Die will er zusammen mit dem Chip seiner Kamera gegen 20.000 Piepen herausrücken."

Während Andrea Liersen den etwas seltsam wirkenden Kollegen interessiert ansah, blickte Hannes

Wegner den Mann mit einem skeptischen Gesichtsausdruck an.

Nachdem Otmar Klepper noch einmal geräuschvoll in sein Taschentuch geschnäuzt hatte, fuhr er fort:„Der Typ hat in seinem Schreiben damit gedroht, dass er bei Nichterfüllung seiner Forderung die Polizei über Krebermeyers Raubkunst-Besitz informieren würde. Ein Witz, denn wir wissen doch Bescheid."

Hannes Wegner warf ein: „Was heißt ein Witz? Der Mann – wenn es denn ein Mann ist – weiß hoffentlich nicht, dass die Polizei von Krebermeyer eingeschaltet wurde?"

Otmar Klepper verstaute etwas umständlich sein voll geschnäuztes Taschentuch und antwortete:

„Nein, die Korrespondenz zwischen den Beiden war einseitig. Es gab nur die Erpresserbriefe mit dem Hinweis, dass keine Polizei eingeschaltet werden solle. Die Übergabe oder besser gesagt der Austausch Fotos und Chip gegen Kohle soll morgen um sechs Uhr erfolgen. Der Erpresser geht sicher davon aus, dass sich um diese Zeit dort kein weiterer Mensch aufhält. Er hat den genauen Treffpunkt angegeben: Direkt am Schimmelmann-Mausoleum. Mein Plan sieht vor, dass wir ihn uns dort bei dem Austausch schnappen."

Otmar Klepper nestelte eine Zigarettenschachtel aus seiner Jackentasche: „Darf ich bei euch rauchen?"

„Nein, natürlich nicht", blaffte Hannes Wegner ihn an.

Kommentarlos steckte Otmar Klepper die Schachtel wieder ein, und erläuterte weiter seinen Plan: „Wir machen keine große Sache daraus, um den Mann nicht misstrauisch werden zu lassen. Außer uns drei Hübschen -- dabei blickte er Andrea Liersen an – werden noch drei Zivilbeamte dabei sein. Fünf von uns postieren sich unauffällig an den verschiedenen Zu- und Ausgängen des kleinen Friedhofs. Auf den umliegenden Straßen werden sicher schon Fußgänger auf dem Weg zur Arbeit sein. Da fällt ein weiterer Passant nicht auf. Ich werde in einem Gebüsch seitlich vom Mausoleum verborgen sein. Wenn der Austausch erfolgt, heißt es für mich: Zugriff!"

Otmar Klepper blickte zwischen Hannes Wegner und Andrea Liersen hin und her, als ob er Beifall für seinen Plan erwartete.

Stattdessen kam von Andrea Liersen eine Frage: „Nur mal am Rande: Was ist die genaue Definition des Begriffs Raubkunst?"

Otmar Kleppers etwas tranig wirkendes Gesicht hellte sich auf, und er fing an zu dozieren: „Bei Raubkunst handelt es sich um Kunstwerke, die während der Nazizeit geraubt wurden. Geraubt überwiegend aus jüdischem Besitz; sowohl im damaligen deutschen Reich oder in den von der Wehrmacht während des Zweiten Weltkriegs besetzten Gebieten. Mit Ende des Weltkrieges gelangten viele Kunstwerke mit ungeklärter Herkunft in den internationalen Kunsthandel und in öffentliche Sammlungen. Es wird vermutet oder geschätzt, dass sich in öffentlichen Sammlungen und Privatbesitz weltweit noch über 10.000 Kunstwerke befinden, die nicht an die rechtmäßigen Eigentümer zurückgegeben wurden."

Otmar Klepper blickte die beiden Kollegen wieder Beifall heischend an.

Als nichts dergleichen kam, stand er auf: „Ich muss noch mit Krebermeyer telefonieren und mit den drei Kollegen den Einsatz besprechen. Es wird eine kurze Nacht. Wir sehen uns morgen früh um fünf Uhr in der Nähe der Christuskirche. Ich schlage vor, dass wir uns in der Schädlerstraße vor dem ehemaligen Polizeirevier treffen und dort die Besetzung der Eingänge zum Friedhof besprechen."

Ohne einen Kommentar oder eine Frage der beiden Kollegen abzuwarten, verließ er den Raum.

Es war noch dunkel an diesem Septembermorgen, als Andrea Liersen und Hannes Wegner am Treffpunkt in der Schädlerstraße eintrafen.

Otmar Klepper saß mit drei jungen Kollegen in einem alten Opel. Sie erweckten den Eindruck, als ob Monteure eine Fahrgemeinschaft zu einer Baustelle bildeten.

Hannes Wegner und Andrea Liersen beugten sich durch die offenen Seitenfenster des Wagens und begrüßten die Kollegen.

Otmar Klepper hielt sich nicht mit Vorreden auf. Er deutete auf die drei jungen Mitinsassen und stellte sie kurz vor: „Das sind Udo, Till und Jannik. Hannes wird sich unauffällig an den nebeneinander liegenden

Zugängen von der Robert-Schuman-Brücke und der Wandsbeker Marktstraße aufhalten. Die beiden Wege laufen seitlich an der Kirchenküche bei der Christuskirche zusammen. Auch ein Weg vom Schulhof der Matthias-Claudius-Schule führt dort hin. Den wird Udo absichern. Er wird sich auf dem Schulhof aufhalten und den Hof fegen. Till sichert den kleinen Weg, der von der Wandsbeker Marktstraße direkt zum Schimmelmann-Mausoleum führt. Jannik übernimmt den Haupteingang an der Kirche. Die Kollegin Liersen postiert sich am Parkplatz an der Schloßstraße vor der Schule. Von dort verläuft ein schmaler Weg zum Friedhof. Ich werde mich im Gebüsch neben dem Mausoleum in unmittelbarer Nähe des Austauschplatzes verbergen. Bei der Übergabe werde ich mir den Strolch greifen."

Otmar Klepper sah auf seine Armbanduhr: „Noch ein Uhrenvergleich und der Austausch der Diensthandy-Nummern."

Nachdem das erledigt war, drängte Klepper zur Eile: „Jetzt alle an die vorgesehenen Plätze. Die ersten Berufstätigen sind schon auf der Straße. Klarer Fall, dass ihr alle wie Leute wirken müsst, die sich auf den vor ihnen liegenden Arbeitstag freuen. Ha, ha ha."

Er ließ wieder sein meckerndes Lachen hören.

Amandus Krebermeyer trug heute einen dunklen Anzug. Zu seinem seriösen Outfit passte die Plastik-Tragetasche mit dem Lidl-Logo nicht. Es war eine

Forderung des Erpressers, mit einem solchen Beutel zu erscheinen.

Hannes Wegner sah ihn von der unter der Robert-Schuman-Brücke verlaufenden Straße kommen. Er war offensichtlich die kurze Strecke von seiner Villa zu Fuß gekommen. Wegner konnte sich nicht vorstellen, dass Krebermeyer schon mal einen Fuß über die Schwelle eines Lidl-Marktes gesetzt hatte. Und seine Haushälterin würde die Einkäufe für die Küche vermutlich in einem Feinkostladen erledigen. Die Plastiktüte war sicher auf Kleppers Veranlassung besorgt und mit Papier im Gewicht der geforderten Geldscheine präpariert worden.

Während Hannes Wegner sah, wie Krebermeyer festen Schrittes den Weg zum Mausoleum betrat, verständigte er telefonisch die Kollegen über das Eintreffen Krebermeyers.

Zehn Minuten später fiel ihm ein Mann auf, der hinter drei flott eilenden Passanten betont langsam schlenderte. Zu Jeans trug er einen dunklen Kapuzen-Pulli. Die Kapuze hatte er über den Kopf gezogen. Auf der Nase trug er an diesem trüben Septembertag eine verspiegelte Sonnenbrille.

Wenn er das ist, muss es tatsächlich ein Amateur sein, dachte Hannes Wegner.

In der Hand trug der Mann eine zusammengefaltete Zeitung. Darin konnten die Fotos stecken.

Als der Mann das zweite Mal vorbei schlenderte, griff Hannes Wegner zum Telefon und verständigte die Kollegen über den auffälligen Passanten.

Weitere zehn Minuten später hörte er aus Richtung des Mausoleums lautes Geschrei. Er ging den Weg hinein.

Auf dem Pfad zwischen den Gräbern kam ihm der Mann im Kapuzenpulli entgegen gelaufen. Statt der Zeitung hatte er die Lidl-Tüte in der Hand. Er versuchte in Höhe des Matthias-Claudius-Grabes direkt an Wegner vorbei zum Ausgang zu laufen.

Es war ganz einfach. Der Kommissar brauchte nur sein Bein aus zu stellen. Der Mann geriet ins Straucheln und fiel vornüber auf den aufgeweichten, mit Pfützen übersäten Boden.

Hannes Wegner warf sich mit seinem Gewicht von 86 Kilo auf den Mann, zog ihm die Arme auf den Rücken und legte ihm Handschellen an.

Als der Kommissar aufstand und tief durchatmete, sah er die Kollegen heranstürmen. Bis auf Otmar Klepper, der sich am Mausoleum aus einer Wasserlache erhob und sich ans Kinn fasste.

Da muss etwas schief gelaufen sein, dachte Hannes Wegner nur.

Während Otmar Klepper und seine drei Kollegen den Festgenommenen abführten, kümmerten sich Wegner und Liersen um Krebermeyer. Sie bedankten sich bei ihm und brachten ihn in ihrem Wagen zu seiner Villa zurück.

Später im Kommissariat bekamen sie Besuch von Udo, dem jungen Zivilermittler. Er erzählte ihnen, dass der

Festgenommene in der ersten Vernehmung angegeben habe, öfter Einsätze als Security-Mitarbeiter im Hause Krebermeyer gehabt zu haben. Dabei hatte er eine Gelegenheit genutzt und die Fotos von den Kunstwerken gemacht. Er habe eine gute Gelegenheit darin gesehen, seine kargen Einkünfte damit aufzubessern. Als Kunstexperte könnte der Mann nicht gelten. Die Bilder, von denen er Fotos gemacht habe, wären keine Objekte, die der Raubkunst zugerechnet würden. Nach ersten Erkenntnissen würde es wohl auch keine Verbindung zu den Mordfällen in Marienthal geben.

Beim Verlassen des Büros drehte Udo sich noch einmal um. „Fast hätte ich es vergessen: Otmar Klepper hat durch den gepflegten Kinnhaken des Festgenommenen angeblich große Schmerzen. Er hat sich krankschreiben lassen."

Als Udo das Büro verlassen hatte, blickte Hannes Wegner zu seiner Kollegin hinüber und konnte es sich nicht verkneifen zu sagen: „Da scheinen zwei Trottel aufeinander gestoßen zu sein."

ACHT

Frau Müller-Luttenburg arbeitete wie bei dem ersten Besuch der Kommissare wieder vor dem Haus in ihrem Rosenbeet.

Auf das Betätigen der Klingel an der Eingangspforte reagierte sie nicht.

Auch als Andrea Liersen der Frau ein „Guten Tag Frau Müller-Luttenburg" zurief, zeigte sie keine Reaktion. Erst als Hannes Wegner mit seinem dröhnendem Bass „Hallo Frau Müller-Luttenburg" ertönen ließ, kam sie langsam zur Pforte.

„Was wollen Sie schon wieder?", fragte sie mit verärgertem Gesichtsausdruck. „Sie sehen doch, dass ich mit Lady Ashley beschäftigt bin."

„Lady Ashley?" Andrea Liersen fragte mit freundlicher Stimme.

Die Gesichtszüge der Frau wurden weicher. „Ja, Lady Ashley, meine englischen Rosen."

Die Kommissarin blieb bei ihrem freundlichen Tonfall: „Es sind sehr schöne Rosen Frau Müller-Luttenburg. Wir möchten gerne noch einmal mit

Ihnen sprechen. Dürfen wir zu Ihnen hinein-
kommen?"

Die Frau öffnete mit widerwilligem Gesichtsausdruck die Gartenpforte und ging voran.

Als sie wieder im Salon an der großen Tafel saßen,
bemerkte Andrea Liersen, dass die Rosen in der
chinesischen Vase frisch geschnitten waren. Offensichtlich Rosen der Sorte Lady Ashley.

Frau Müller-Luttenburg sah den Blick der Kommissarin. „Lady Ashley, meine Lieblingsrosen. Schöner
als Sweet Pretty, Tea Clipper und Evening Star, die ich
in meinen Beeten im Garten hinter dem Haus ge-
pflanzt habe."

Wie schon beim ersten Besuch der Kommissare
hatte sich die Stimme der Frau plötzlich verändert. Sie
sprach in einem merkwürdigen hohen mädchen-
haften Tonfall und bewegte dabei ihren Oberkörper
hin und her.

Hannes Wegner saß wieder in Blickrichtung zur
Wand mit dem großformatigen Marinebild mit der
darunter liegenden Feuerstelle. Sein Blick ging von
der Viermastbark hinunter zum Kamin. Er sah auf das
Sammelsurium der Gegenstände, die dicht an dicht
auf dem Sims aufgereiht standen. Seine Augen blieben
an einem Klarsicht-Glasbehälter hängen. Offenbar ein
Einweckglas. Seine Großmutter hatte die Früchte der
Saison aus ihrem Garten mit Gelierzucker eingekocht
und in solchen Behältern als Marmelade auf den
Regalen in ihrem Vorratskeller immer vorrätig

gehalten. Aber in diesem Glas schien keine Marmelade zu sein.

Während Frau Müller-Luttenburg eine Rose aus der Vase genommen hatte und in ihren Händen wiegte, stand der Kommissar auf, ging zum Kamin und sah sich das Glas genauer an.

In seiner langjährigen Tätigkeit bei der Kripo hatte er es schon einige Male mit Verbrechen zu tun, in denen abgetrennte Gliedmaßen wie Finger, Nasen, Ohren oder ganze Füße und Hände eine Rolle spielten. Aber was er hier sah, übertraf alles. In der klaren Flüssigkeit wie Formalin oder Phenol erkannte er einen Penis!

Er nahm das Glas und stellte es vor Frau Müller-Luttenburg auf den Tisch.

Während seine Kollegin Andrea Liersen leicht erschreckt von Hannes Wegner zu der Frau blickte, fragte der Kommissar nur: „Von wem?"

Die beiden Kripobeamten mussten genau hinhören, so leise antwortete Elena Müller-Luttenburg: „Ich habe ihn geliebt. Er hat diese Liebe irgendwann nicht mehr erwidert und sich nur noch mit anderen Frauen herumgetrieben. Nicht nur mit den jungen Schlampen in seiner Praxis, sondern auch mit Patientinnen und anderen Weibern. Dafür musste er doch bestraft werden."

Andrea Liersen hakte nach: „Wie ist es dazu gekommen?"

Die Frau brach jetzt in Tränen aus. Sie putzte sich mit ihren erdigen Arbeitshandschuhen die Nase und begann lauter zu sprechen: „Mein Mann ist während des Hochwassers an der Nordsee total erschöpft aber heil ans Ufer gelangt."

Elena Müller-Luttenburg sprach jetzt flüssiger. Es schien eine Last von ihr abgefallen zu sein.

„Er hat sich irgendwo trockene Kleidung beschafft, und ist, ohne seinen Vereinskameraden Bescheid zu geben, nach Haus gekommen. Mir hat er vorher nichts von dieser Wattwanderung erzählt. Ich habe geglaubt, dass er wieder wie so oft eine Segeltour mit einer seiner Freundinnen gemacht hat. Er hat sogar ganz offen von einer kleinen Negrita gesprochen."

„Negrita?", fragte Hannes Wegner.

„Ja, so eine schwarze Schlampe aus Äthopien, Uganda, Nigeria oder was weiß ich. Wir haben uns deswegen gestritten und . . ."

Die Frau sprach nicht weiter. Ihr vorüber gehendes Mitteilungsbedürfnis war wieder versiegt. Sie nestelte mit beiden Händen in ihren Haaren und starrte auf den Parkettfußboden.

Die Kommissarin wollte das Geständnis hören: „Sie haben ihn umgebracht!"

„Ja", kam es wieder kaum vernehmbar aus dem Mund der Frau.

„Sie haben auch seine Tennisfreunde umgebracht!"

„Ja, ich habe ihn doch geliebt. Und die Männer wollten mir das Liebste auf der Welt nehmen. Sie haben ihn im Watt in den Tod geschickt."

„Das Liebste auf der Welt", wiederholte Hannes Wegner in Gedanken und dachte an den Inhalt des

127

Einweckglases, der jetzt vor der Frau auf dem Tisch stand.

Kommissarin Andrea Liersen wollte es von der Frau hören: „Frau Müller-Luttenburg, warum die Amputationen?"

„Ich sagte doch, die Männer wollten ihn in den Tod schicken. Dafür mussten sie bestraft werden. Ich konnte nicht anders. Ich musste es tun."

„Womit haben Sie Harald Knoke, den Mannschaftskameraden Ihres Mannes umgebracht und die Amputationen der Opfer durchgeführt?"

„Mit einem Skalpell. Wir haben immer einige im Haus. Manche Schneidearbeiten im Haushalt können mit einem Skalpell besser als mit einem Messer durchgeführt werden."

Da hat sie zumindest in Bezug auf ihre Verbrechen Recht, dachte Hannes Wegner.

Die Frau zog die Vase mit den Rosen zu dem Einweckglas zu sich heran und flüsterte: „Lady Ashley. Sie bewachen jetzt meinen Mann."

Dabei umarmte sie zärtlich den Strauß in der Vase.

Die Kommissarin verstand: „Die Rosen bewachen Ihren Mann? Haben Sie ihn unter Ihren Rosen begraben?"

„Ja, ja, darunter liegt er", sagte Elena Müller-Luttenburg flüsternd in den Strauß Blumen der Sorte Lady Ashley hinein.

Jetzt schaltete sich Hannes Wegner noch einmal ein: „Die Amputationen bei Ihrem Mann und seinen Tennisfreunden . . ."

Der Blick der Frau ging von der Blumenvase zum Einweckglas und sie unterbrach den Kommissar: „Das war für mich kein Problem. Ich habe früher bei meinem Mann in der Praxis gearbeitet und ihm auch bei Operationen assistiert."

„Und wo haben Sie die anderen Glieder..."

Elena Müller-Luttenburg ließ den Kommissar nicht ausreden: „Sie liegen unter meinen Sweet Pretty Rosen hinter dem Haus", flüsterte sie.

Hannes Wegner nutzte den geständnisfreudigen Moment der Frau und stellte noch eine letzte Frage: „Woher hatten Sie die Pistole?"

„Die gehörte meinem Mann. Er war doch ein Tausendsassa und konnte soviel. Er war nicht nur Tennisspieler. Er war auch Segler, Segelflieger, Jäger und Sportschütze. Als Schütze hatte er einen Waffenschein. Die Pistole befand sich im Schrank mit seinen Jagd- und Sportwaffen."

* * *

Als die Kripokommissare am nächsten Morgen im Büro wieder zum Alltagsgeschäft übergehen wollten, beschäftigte Hannes Wegner nur noch eine Frage: „Warum die Amputationen? Eine emotionale Amnesie?"

Andrea Liersen musste nicht lange nachdenken: „Nicht schon wieder amateurhafte, psychologische

Spekulationen Herr Kriminalhauptkommissar. Das herauszufinden, ist Sache der Psychiater in der Geschlossenen Abteilung der Psychiatrie. Denn dort wird die Frau sicher die nächsten Jahre verbringen müssen."

Mord & Totschlag, Kurzkrimis vom Feinsten BoD ISBN 978-3-7392-7210-8

Am 3. Mai 1945 geschah in der Lübecker Bucht eine der größten Schiffskatastrophen. Über 7.500 Menschen mussten sterben. Das ist der Ausgangspunkt, den der Autor zum Hintergrund seines in der Jetztzeit in Lübeck, Travemünde, Scharbeutz und Neustadt spielenden Politkrimis machte. Ein bestialischer Serientäter, eine sehr neugierige Schnüfflerin in der Nachbarschaft, ein überflüssiger Ehemann, ein Rachefeldzug durch Schleswig-Holstein und der Wolfskrimi „Lichtenmoor". Wolf oder eine Bestie in Menschengestalt, wer ist für die grausamen Morde verantwortlich? In Hans Garbadens Kriminalerzählungen geht es blutig zu. Und am Ende kommt es stets anders, als man denkt.

Was geschah auf dem Priwall?, BoD ISBN 978-3-7357-3326-9

Nach dem Fund von mehreren Mordopfern steht die Kripo vor
einem Rätsel. Ist doch etwas dran an den Gerüchten, die sich
immer wieder um das Tunnelsystem unter dem Priwall ranken
und seit Jahrzehnten die Medien beschäftigen? Über einen
Bandenkrieg zwischen russischen Waffenschiebern und Neonazis
aus Litauen führt die Spur nach Travemünde in die unterirdischen
Gänge des Priwall. Die Lübecker Kriminalpolizei ermittelt in
einem spannenden Kriminalroman, der sie in die Sympathie-
Szene des National-Sozialistischen Untergrunds führt.

Hans Garbaden im Schardt Verlag

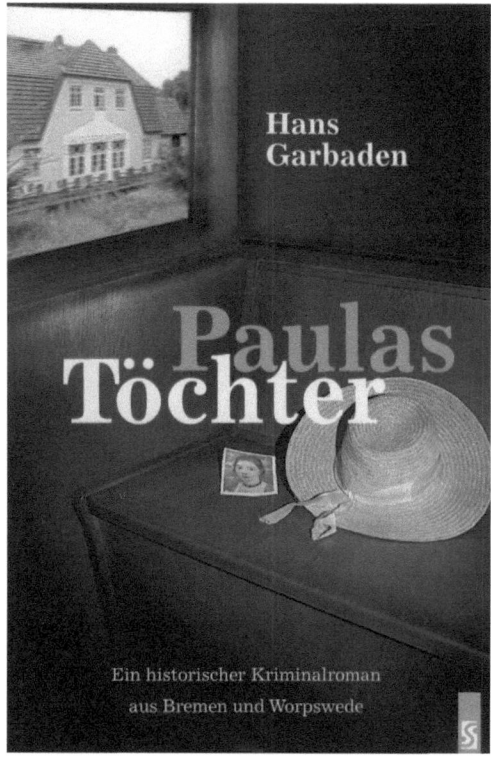

Paulas Töchter. Schardt Verlag ISBN 978-3-89841-509-5

Im Frühsommer des Jahres 1921 geraten der beschauliche Künstlerort Worpswede und der Bremer Stadtteil Findorff in Aufruhr: Bereits vier kleine Mädchen sind innerhalb kurzer Zeit spurlos verschwunden. Der Bremer Kriminalkommissar Harm Logemann und sein junger Kollege, Wachtmeister Dirk Murken, stehen vor einem Rätsel. Fest steht nur: Alle Mädchen fuhren mit dem Moorexpress, der zwischen Bremen und Worpswede pendelt. Seltsam ist, dass alle Mädchen den Vornamen Paula haben. Ein Zufall? Gibt es möglicherweise eine Verbindung zur Malerin Paula Modersohn-Becker, die bis zu ihrem frühen Tod hier lebte und arbeitete? Zusammen mit dem Worpsweder Dorfpolizisten Johann Behrens und der Bremer Journalistin Lena Geffken versuchen Logemann und Murken den Ursachen auf die Spur zu kommen. Währenddessen macht sich ein geheimnisvoller und gefährlicher Fremder auf die Suche nach einem neuen Opfer.

Hans Garbaden im Schardt Verlag

Ein Mordsdreh am Jadebusen. Schardt Verlag ISBN 978-3-89841-585-9

In diesem Kriminalroman macht Hans Garbaden friesisches Watt und die Umgebung des Jadebusens zu einem filmreifen Tatort. Das Leben des Malers Franz Radziwill wird verfilmt. Als die Hamburger Filmcrew in dessen Wohnort einfällt, ist es mit einem Mal um die beschauliche Ruhe geschehen. Die Einheimischen blicken argwöhnisch auf die Dreharbeiten am Deich. Dann verschwinden plötzlich zwei Mitarbeiterinnen am Set. In den eisigen Fluten der Nordsee kann aber nur eine Leiche geborgen werden. Wer ist der mysteriöse Meuchelmörder? Handelt es sich bei dem Täter womöglich um einen militanten Gegner der Filmproduktion, oder treibt ein Sexualstraftäter sein Unwesen? Und wer ist das nächste Opfer? Die Kommissarin Jeanette Alt und ihr friesischer Kollege Enno Bollmann machen sich auf die Suche nach dem Mörder und treten ein in die illustren Reihen der kapriziösen Filmdiven und gestrandeten Schauspieler...

Eine Geschichte aus Wilhelmsburg. Schardt Verlag ISBN 978-3-89841-638-2

16. Februar 1962: In Hamburg brechen die Deiche. Besonders hart trifft es den Stadtteil Wilhelmsburg, wo viele Menschen seit Kriegsende behelfsmäßig in Kleingartenanlagen leben. Unter den zahlreichen Opfern der Sturmflut ist auch die junge Renate. Sie hat den Abend mit ihren Freunden Heinz und Michael verbracht. Bei dem Versuch, sich auf das Dach der Laube zu retten, wird Renate von den Wassermassen fortgerissen. Die Freundschaft der beiden Männer, die ihren Tod nicht verwinden können, zerbricht an Vorwürfen und Schuldzuweisungen. Ihre Wege trennen sich, doch ihrem Stadtteil bleiben sie verbunden. Während Heinz sich als Lokaljournalist durchschlägt, steigt Michael zur Milieugröße auf. Was einst am Süderelbstrand als harmlose Buhlerei um ein Mädchen begann, endet in einer lebenslangen Feindschaft, die auf Hamburger Boden auf brutale Weise ausgetragen wird.

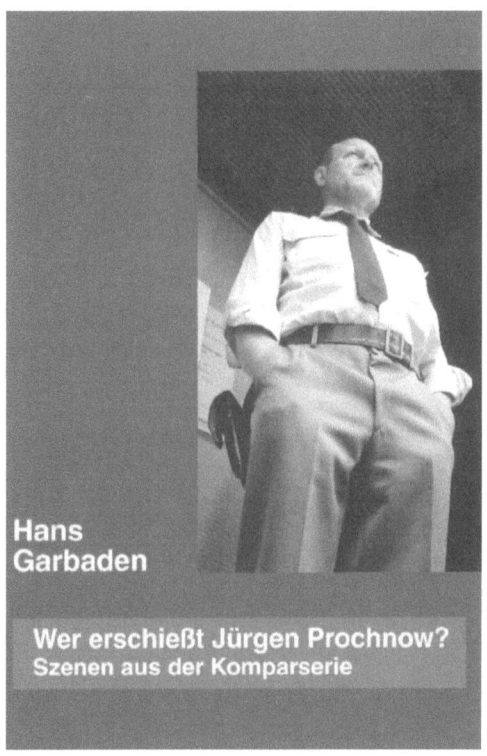

Wer erschießt Jürgen Prochnow? BoD ISBN 3-8334-0218-0

Geschichten aus der Welt des Films. Unglaubliche, skurrile und haarsträubende Dinge, die sich bei Dreharbeiten zu Kino- und Fernsehfilmen abspielen. Nicht nur vor der Kamera, sondern während der Dreharbeiten aus der Sicht eines Kleindarstellers beobachtet. Wie ticken Regisseure und Stars der Leinwand? Vielleicht ganz anders als Sie es sich bisher vorgestellt haben.

Hunde vor der Kamera und andere Geschichten. BoD ISBN 978-3-8448-3579-3

Witziges und Interessantes für alle Hundehalter, Hundefreunde und Hundehasser! Was bewegt die Menschen dazu, sich einen Hund anzuschaffen? So vielfältig wie die Rassen sind auch die Beweggründe. Dieses Buch soll aufzeigen, auf was sich ein Mensch, der sich einen Hund anschafft, alles einlässt. Auf die Freude, die ein Hund vermittelt, aber auch über die Probleme, die die Haltung eines Hundes mit sich bringen kann. In Form von humorvollen und skurrilen Geschichten erzählt der Autor von seinen Erlebnissen, die sich in langjähriger Hundehaltung zugetragen haben.